AF282630

Impressum

Bibliografische Information der Deutschen Nationalbibliothek: Die Deutsche National-bibliothek verzeichnet diese Publikation in der Deutschen Nationalbibliografie; detaillierte bibliografische Daten sind im Internet über dnb.dnb.de abrufbar.

©Cover Ingrid Seemann: Deposit Stock photos – created by fiverr

Herstellung und Verlag: BoD – Books on Demand, Norderstedt
ISBN: 9783756861033

Sämtliche Figuren, Firmen und Ereignisse dieses Romans sind frei erfunden. Jede Ähnlichkeit mit echten Personen, lebend oder tot, ist rein zufällig und von der Autorin nicht beabsichtigt.

Dieses Buch enthält explizite Sex Szenen. Daher ist es nur für Leser ab 18 Jahren geeignet!

Engel

Scrabble und Leo

Teil 2

Erotikroman

Inhalt

Shadow kehrt von seinem Motorradtrip aus Amsterdam nach Hause zu seinem Dad in Österreich zurück. Dieser wartet schon ungeduldig auf ihn, denn die Arbeit in der Autowerkstatt macht sich nicht von alleine.

Shadow ist müde. Er freut sich darauf, endlich absteigen zu können und sich auf die Couch schmeißen zu dürfen. Auf den letzten Metern wird er unachtsam. Seine Harley gerät ins Schleudern…

Leo wollte gerade die Straße überqueren und übersieht das heranfahrende Motorrad. Mit Entsetzen muss sie zusehen, wie der junge Mann mit dem schweren Motorrad zur Seite kippt und über den heißen Asphalt mitgeschleift wird. Schwerverletzt und blutüberströmt muss er ins Krankenhaus eingeliefert werden.

Leo kümmert sich um das zerbeulte, kaputte Zweirad und lässt es abschleppen. Das, auf dem Boden liegende Handy nimmt sie mit nach Hause. Erst nach drei vollen Tagen fällt ihr ein, dass sie jemanden über den Verbleib des Mannes benachrichtigen sollte und scrollt sich ratlos durch die Kontakte…

Scrabble, Darker, Timo, Charlie, Jessica??

Engel

Shadow ist seit Stunden auf seiner Harley unterwegs. Anfangs ist es Freiheit, Lust auf Neues und einfache irdische Freude gewesen. Jetzt ist er nur mehr müde. Sein Körper ist steif von dem stundenlangen Biken über die schönen Landstraßen von Holland bis nach Österreich. Nur kurze Pausen hat er sich gegönnt.

Aber jetzt hat er es beinahe geschafft. Die letzten paar Kilometer will er noch durchhalten. Dann wird er einen Tag durchschlafen und er wird wieder wie neu sein. Er muss nur aufpassen, dass er nicht aus dem Sattel kippt. Seine Konzentration beschränkt sich nur mehr darauf, dass er die letzten Meter nicht einschläft und die Tore seines Ziels passieren kann.

Er freut sich schon auf seine Kumpels..., seinen Vater. Es ist lange her... zu lange... Er war in Holland. Der Großteil seiner Familie lebt in Amsterdam. Sein Besuch hat ihn wieder geerdet und ihn daran erinnert, dass er zu dieser Familie gehört.

Sie haben ihn aufgenommen, als wäre er ihr eigener Sohn. Dabei hat Scrabble ihn, als kleinen Jungen aus einem Spanienurlaub mit nach Hause gebracht und ihn später adoptiert. Seine richtige Mutter hat ihn einfach bei diesem Mann gelassen und ist danach spurlos verschwunden. Sie hat sich nie wieder gemeldet. Scheiß drauf!

Jetzt kehrt er heim, um wieder seinen Platz in der Werkstatt seines Vaters einzunehmen. Mit Schwung biegt er nach rechts ein. Shit! Mit Vollbremsung will er der Frau, die gerade die Straße überquert, ausweichen. Seine Arme und Beine sind zu klamm, als dass er sich aus der Kurve wieder hochziehen kann und rutscht seitlich auf dem heißen Asphalt aus.

Seine Maschine zieht ihn meterweit über den harten Boden mit. Sein Bein ist unter dem Motorrad eingeklemmt. Sein nackter Arm reißt auf und brennt wie der Teufel. Shadow versucht nur mehr seinen Kopf zu schützen, der den Helm, durch den Aufprall verloren hat. Er hatte den Gurt unter seinem Kinn nicht verschlossen.

Fluchend und schreiend vor Schmerzen bleibt er liegen. Sein Gefühl für das Wesentliche ist weg. Gelähmt durch den eintretenden Schock wartet er ab, bis sein Hirn sich wieder einschalten möge. Blinzelnd sieht er hoch. Die Sonne blendet. Stöhnend schließt er die schmerzenden Lider.

„Neiiin!" Das Motorrad fährt mit hoher Geschwindigkeit auf sie zu. Wo ist das denn plötzlich hergekommen? Leo springt erschreckt zur Seite. Gerade noch rechtzeitig, sonst hätte der blöde Kerl sie noch gerammt!

Verärgert will sie weiter gehen. Sie ist müde und hat jetzt Feierabend! Sie freut sich auf ein heißes Bad zu Hause! Aus den Augenwinkeln bemerkt sie, dass der Kerl doch glatt umgefallen ist und nun rutscht er mitsamt seinem Monster Motorrad schreiend auf der Straße dahin! So ein Depp! Das hat er nun davon!

Leo wartet ab. Das Motorrad liegt mit dem Fahrer unter sich, auf der Straße. Der Mann rührt sich nicht mehr. Leo macht sich Gedanken. Ist er verletzt? Was ist, wenn er Hilfe braucht? Sie sieht sich um. Kein Mensch ist weit und breit zu sehen. Sie muss sich um den Kerl kümmern! Auch das noch. Ihr wohlverdienter Feierabend scheint in weite Ferne zu rücken…

Sie geht näher heran und beugt sich über ihn. Er rührt sich nicht. „Kann ich Ihnen helfen? Sind Sie verletzt?", versucht sie auf sich aufmerksam zu machen und tippt ihn leicht an. Keine Reaktion. Er starrt sie nur an.

Ein Schatten fällt auf seine höllisch pochende Stirn und grausam brennenden Augen. Er blickt vorsichtig blinzelnd auf. Ein ‚Engel' ist sein erster Gedanke. Die gleißende Sonne scheint von oben, direkt auf den Kopf, der sich jetzt über ihn beugt. Die nackenlangen, blonden Haare erstrahlen zu einem flackernden Heiligenschein. Verblendet mustert er sein Glück. Der Herrgott hat es gut mit ihm gemeint. Er hat ihm einen Engel geschickt…

„Wie geht es ihnen? Können Sie aufstehen?" Worte, die nicht ganz zu ihm durchdringen. Aber er hat ein dringendes Bedürfnis. Er zwingt seinen Arm zu einer quälenden Aufgabe. Blutrinnsale färben die Tattoos an seinem Arm rot, während er ihn anhebt.

Er muss diesen Engel küssen! Blutige Finger krallen sich in diesen strahlenden Heiligenschein. Shadow zieht den Engel unaufhaltsam näher. Seine Lippen berühren die des Engels. Seine Zunge drückt gegen die Lippen vor ihm…

Überrascht, dass er dazu noch in der Lage ist, wehrt sie sich nicht. Seine Lippen ziehen sie an. Er küsst sie? Mein Gott! Er küsst sie! Sie lässt es geschehen. Er könnte ein Trauma haben, ist ihr erster Gedanke. Sie will es auf keinen Fall durch eine Gegenwehr weiter befeuern und macht mit.

Irgendwie ist es nett, wenn sie ein Kerl küsst. Plötzlich fällt sein erschlaffter Körper in sich zusammen. Sie sieht ihn besorgt an. Er scheint ohnmächtig zu sein. Sie muss sofort die Rettung alarmieren!

Sich aufrichtend, wühlt sie nach ihrem Handy in ihrer Tasche. „Hallo… bitte… Hier liegt ein verletzter Mann neben mir. Er ist ohnmächtig. Bitte kommen sie schnell." Sie gibt auf Nachfrage der Telefonistin den Tatort durch und versichert, dass sie hierbleiben wird, bis Hilfe kommt.

„Bitte machen Sie schnell. Es ist unheimlich heiß heute!" Sie legt auf und versenkt ihr Gerät wieder in der Tasche. Nicht recht wissend, was sie nun tun soll, wendet sie sich wieder zu dem Verletzten.

Der Asphalt flimmert vor Hitze. Vorsorglich hat sie ihre Jeansjacke unter ihre Knie ausgebreitet. Akribisch sucht sie den Mann nach schweren Verletzungen ab. Die Arme und das Gesicht sind blutüberströmt.

Warum fährt der dumme Kerl mit einer ärmellosen Jacke herum? Seine Beine sind wenigstens mit schwarzem Leder geschützt. Ein Bein liegt eingeklemmt unter der schweren Maschine. Das kann schlimm ausgegangen sein, denkt sie sich.

Lange Risse an beiden Knien, woraus Blut stetig tröpfelt, machen ihr Sorgen. Sie sieht weiter nach, aber mehr kann sie nicht erkennen. Sie kann auch nichts tun. Sie versucht keine Rettungsversuche, denn der Kerl ist riesig und zu schwer für sie. Sie wartet…

Wo bin ich? Shadow liegt in einem fremden sterilen Zimmer, auf einem Bett, das er nicht kennt. Ist er jetzt doch im Himmel gelandet? Er sieht sich um. Vorsichtig versucht er aufzustehen. Aber es gelingt ihm nicht. Ein Schlauch hängt an seinem Arm und ein anderer ist in seiner Nase verankert.

Er muss in einem Krankenhaus liegen, folgert er. Was ist mit ihm passiert? Er erinnert sich… Er hatte einen Unfall. Ein Engel hat ihn geküsst. Dann weiß er nichts mehr.

Sein Arm will den Schlauch aus seiner Nase ziehen. Ein kleines Geräusch lässt ihn innehalten. Etwas ist zu Boden gefallen. Ein durchdringender Pfeifton schreckt ihn schmerzgepeinigt wieder auf sein Kissen nieder. Sein Kopf…!!!

„Wir haben Sie wieder!" Eine Schwester mit Mundschutz und Ganzkörperschutz kommt an sein Bett. Sie steckt die Klammer, die er unabsichtlich abgestreift hat, wieder an seinen Zeigefinger. Sofort hört dieser durchdringende Pfeifton auf.

„Wo bin ich?", krächzt er. „Sie sind im städtischen Krankenhaus. Sie haben zwei Tage im Tiefschlaf gelegen. Wie geht es ihnen?"

Shadow stockt. Zwei Tage! Er beobachtet die Krankenschwester in ihrem Tun, bis sie schließlich ihr Telefon in die Hand nimmt. „Der Patient in Koje drei ist aufgewacht!" Zu Shadow gewandt meint sie: „Der Arzt kommt gleich." Sie zupft an seiner Decke und streift kurz und ermunternd über seinen nackten, tätowierten Arm.

Der Arzt blickt auf den Monitor, seitlich von seinem Bett. In diesem Moment kommt Shadow die ganze Tragweite ins Gedächtnis. Der Unfall… Er ist auf einer Intensivstation gelandet!

„Wie fühlen Sie sich? Können Sie uns sagen, wer Sie sind?" Dabei leuchtet der Arzt Shadow in die Augen. Er weist ihn an, seinem Finger zu folgen. Nach einigen kleinen Tests

16

richtet der Arzt sich wieder auf und sieht ihn fragend an.

„Shadow!" Die fragenden Augenbrauen werden noch höher gezogen. „Wie bitte?" Shadow wird ungeduldig. „Mein Name ist Shadow!" Der Arzt räuspert sich.

„Nun… Shadow… die Laborschwester wird ihnen Blut abnehmen müssen. Wir wollen sicher gehen, dass die Werte wieder in die Normale gehen!"

„Wann kann ich hier raus?" „Langsam… langsam… Sie können heute auf die Normalstation verlegt werden und morgen sehen wir weiter. Möchten Sie jemanden anrufen?"

„Wenn Sie mir mein verficktes Handy geben, dann geht das!", meint Shadow mürrisch. „Wir haben ihr Handy nicht! Sie müssen es bei ihrem Unfall verloren haben! Können Sie sich daran erinnern?" Shadow denkt nach. Diese Lippen… dieser Engel… „…ein Engel…" Der Arzt wendet sich an die Schwester.

„Bitte leiten Sie alles zur Verlegung in die Normalstation vor! Informieren sie Dr. Gregor. Wir brauchen eine Diagnose über den psychischen Zustand des Patienten." Sie nickt und der Arzt geht hinaus.

Verdammt!

Endlich kommt sie nach Hause. Ihr Tag ist lang und stressig gewesen. Zuallererst geht sie in die Küche und trinkt ein großes Glas Wasser leer. Aufseufzend und wirklich müde lehnt sie sich an die Anrichte. Der Kerl geistert ihr durch den Kopf. Hat er es geschafft? Sie weiß es nicht. Er ist ohnmächtig gewesen, als sie ihn weggefahren haben. Sie hat sich um das große schwere Motorrad gekümmert und eine Werkstatt angerufen.

Sie musste über eine Stunde warten, bis endlich ein Abschleppwagen gekommen ist! Sie ist mitgefahren, um sich zu versichern, dass alles seine Richtigkeit hat. Das Schlimmste war, dass sie eine Kaution hinterlegen musste, weil sie den Fahrer nicht kennt und somit keine Sicherheit geben konnte.

Das Motorrad ist jetzt in der Werkstatt und der Werkstattmeister wartet auf den Auftrag, es zu reparieren. Zu guter Letzt hat sie sich ein Taxi gegönnt., weil sie zu müde gewesen ist, um noch auf den Bus zu warten.

Zu Hause ist sie erst einmal erschöpft und ausgelaugt auf ihre Couch gefallen. Sie ist hungrig. Ihre Energie ist ausgeschöpft und so bleibt sie, wo ist.

Ihr fällt das Handy ein, das sie auf der Straße aufgelesen hat. Sie nimmt es aus der Tasche und wundert sich, dass es nicht gesperrt ist. Sie scrollt sich durch die Namen. Scrabble, Charlie, Jack, Timo… auch eine Jessica findet sie. Wen soll sie anrufen? Anscheinend hat er nur Männerkontakte, außer der einen Jessica…

Sie entscheidet sich zuerst für ihr leibliches Wohl. Sie ist halb verhungert und springt auf. Achtlos schmeißt sie das Handy zur Seite…

In der Küche stöbert sie im Kühlschrank. Viel gibt er nicht her. Aber für ein Müsli reicht es allemal. Himbeeren, Müslimischung und Joghurt gibt sie in eine kleine Schüssel und mischt es durch. Sie schlendert zum Fernseher und zappt sich durch die Kanäle. Das Telefonat, das sie vorgehabt hat, hat sie völlig vergessen.

Am nächsten Tag erwacht sie, wie immer, früh am Morgen. Ihre kurze, aber effiziente Turneinheit ist schnell absolviert und sie brüht sich Kaffee auf. Mit zwei belegten Broten und der obligatorischen Tasse mit dem wohlriechenden Aroma eines Kaffees, setzt sie sich gemütlich auf die Couch und legt die Füße hoch.

Sie liebt diese Zeit. Es ist noch etwas finster und relativ ruhig. In diesem Haus scheint sie die erste am Morgen zu sein, die zu dieser frühen Stunde auf den Beinen ist.

Auf die Uhr schauend, erschrickt sie. Sie hat die Zeit vergessen! Dieser Mann auf dem Motorrad… Sie muss sich sputen. Der Bus wartet nicht auf sie und bald sitzt sie, auf dem Weg zur Arbeit, auf ihrem Stammsitz, ziemlich weit hinten. Zu dieser Zeit ist der Bus beinahe leer.

Noch etwas müde beobachtet sie die vorbeiziehenden Häuser. Hin und wieder schließt sie kurz die Augen. Plötzlich richtet sie sich steil auf.

Das Handy! Sie hat den Anruf nicht gemacht! Wie viele Leute mögen sich um den jungen Kerl sorgen? Sie muss unbedingt heute Abend anrufen!

Sie denkt an den Mann, der sie so unverschämt geil geküsst hat. Sie schließt die Augen und durchlebt im Geiste diesen Moment. Wie hat er sie genannt? Engel? Sie muss laut auflachen. Sie ein Engel? Ha… ha… ha…

Scrabble

Shadow teilt sich das Krankenzimmer mit drei anderen männlichen Patienten. Wenn er nicht so lädiert wäre, wäre er schon längst hier hinausgegangen! Er ärgert sich über seine Schwäche.

Vermaledeites Weib! Hat sie ihn nicht gesehen? Musste sie über die Straße gehen, als er gekommen ist? Halt! Seine Harley! Was ist mit seiner Harley passiert? Scheiße! Verdammte!

Er muss hier hinaus!

Er hievt sich mühsam atmend in die Höhe. Ihn schwindelt. Aber er macht weiter. Seine Beine hängen beinahe nutzlos über dem Bettrand. Seine Lunge arbeitet hart. Schnaufend rückt er näher zum Bettrand… und kippt ab. Mit einem dumpfen Aufprall landet er auf dem Linoleumboden.

„Hey Kumpel! Was machst du da?" Sein Bettnachbar eilt ihm zu Hilfe. Aber Shadow ist zu schwer für den schmächtigen Mann über ihm. „Ruft die Schwester! Ich kann ihn nicht aufheben!", schreit dieser und zerrt weiter an Shadow.

„Lass mich endlich los… Schwächling!"
knurrt Shadow. Er versucht sich aus seiner
Rückenlage zu befreien. Keine Chance!
Seine Muskeln gehorchen ihm nicht.

„Shadow! Warum haben Sie mich nicht
gerufen, wenn Sie aufstehen wollen?" Die
vorwurfsvolle, aber sanfte Stimme der
Schwester lässt ihn noch mehr knurren. Er
scheint ein gottverfluchter Invalide geworden
zu sein! Scheiße! Verdammte Kacke!

Erst als ein Pflegehelfer herbeieilt, heben sie
ihn mühsam zurück in sein Bett. „Wenn Sie
auf die Toilette müssen, klingeln Sie bitte!
Sie sind erst heute hierhergekommen und
noch zu schwach, um alleine ihr Leben zu
bewältigen!", warnt die Schwester.

Shadow straft sie mit Schweigen. Sie
schüttelt nachsichtig den Kopf und streift die
Decke glatt. Er ist offenbar ein schwieriger
Patient. Hoffentlich kommt bald ein
Angehöriger und lenkt ihn ab.

Sie haben schon die Polizei alarmiert, dass sie
die Identität dieses Mannes ausfindig
machen. Shadow jedoch, hat ihnen mit
keinem Wort geantwortet und sich in ein
bedrohliches Schweigen gehüllt.

Leo erinnert sich erst am dritten Tag und
sucht verzweifelt nach dem Handy. Irgendwo

muss es doch sein! Sie findet es zwischen den Polstern auf der Couch eingeklemmt. Sie starrt es an. Sie muss jemanden benachrichtigen.

Aber vielleicht ist der Kerl schon zu Hause und wartet auf ihren Anruf? Er weiß ja nicht, wo sein Motorrad ist. Es muss wieder abgeholt werden, sonst kommt es auf den Schrottplatz!

Sie schließt die Augen und lässt den Zufall die richtige Nummer wählen. Es ist die von Scrabble. Es läutet nur einmal.

„Scheiße nochmal Shadow! Ich warte seit drei verfickten Tagen, dass du dich meldest! Was glaubst du, wie lange ich noch auf dich warte, Sohn!" Sie ist ernüchtert. Diese raue Stimme ist roh und dunkel. „Shadow! Antworte!", bellt die vermaledeite Stimme.

„Ich bin nicht Shadow… Ich bin Leo!", antwortet sie argwöhnisch. „Wer ist Leo? Wo… verdammt nochmal… ist Shadow!" „Shadow hatte einen Unfall! Ich habe die Rettung gerufen und sie haben ihn ins städtische Krankenhaus gefahren…"

Sie zuckt zusammen, als die dunkle Stimme zu poltern anfängt. „Leo! Scheiße! Wieso sagt mir das keiner! Shit! Wo bist DU!" „Ich bin zu Hause!" „Wo ist das verdammt!"

„Äh…" „Wo!" „Äh… wieso willst du das wissen?" Der Besitzer der rauen Stimme schnauft einmal lautstark durch, dann schreit er in den Hörer. „…, weil ich Informationen brauche, Mädel! Also wo bist du?"

Ihre Gedanken fahren Achterbahn. Was soll sie tun? Die laute, unangenehme Stimme meldet sich wieder fluchend. Ohne weiter nachzudenken, verrät sie ihre Adresse.

Im gleichen Moment will sie sich auf die Zunge beißen. Wie blöd kann man nur sein? Jetzt kann sie nur beten, dass sie hier wieder heil aus dieser Misere kommt.

Nicht lange danach hört sie schon das Röhren von Motorrädern. Das ist verflixt schnell gegangen! Hektisch springt sie von ihrer Couch und verlässt fluchtartig ihre Wohnung. Sie will keinen dieser Männer in ihren vier Wänden empfangen und eilt auf die Straße. Bange blickt sie den bedrohlich aussehenden Kerlen entgegen.

„Ich bin Leo!" Sie stellt sich ihnen äußerlich gefasst entgegen. Die zwei Kerle sehen aus, wie aus der Hölle entsprungen. Scheinbar von Kopf bis Fuß mit unheimlichen Motiven tätowiert, wie Leo es noch nie zuvor gesehen hat.

Die gefährlich aussehenden Männer mustern die Frau mit wildem Blick und taxieren sie ausdruckslos von oben bis unten. „Was hast du mit Shadow zu schaffen?"

Sie kommen ihr näher. Sie stolpert erschreckt einen Schritt zurück. Aber sie folgen ihr weiter, bis sie an der Mauer des Hauses ansteht. „Ich wollte über die Straße und er war plötzlich da und kippte mit seinem Motorrad um und küsste mich…"

Äh, … Habe ich das jetzt wirklich gesagt?! Sie stockt. Was erzählt sie da?!

Der eine glatzköpfige Kerl lacht dröhnend. „Mein Sohn lässt anscheinend nichts anbrennen!" Er lacht noch immer… „Was ist da so lustig? Er wurde bewusstlos ins Krankenhaus gebracht. Sie haben mich nicht zu ihm gelassen. Ich bin keine Verwandte…" Er nickt, sie weiter anstierend.

„Wo ist die Harley meines Sohnes? Ich denke, dass er sie nicht selbst mitgenommen hat?" Leo zieht den Zettel von der Werkstatt, an den sie vorsorglich gedacht hat, aus ihrer Hosentasche. „Hier! Ich habe die Harley in die Werkstatt abschleppen lassen! Sie schulden mir die Kaution!"

Ohne weiter auf sie einzugehen, wendet sich der riesige Kerl an den anderen. „Darker du fährst in die Werkstatt und ich ins Krankenhaus! Mal sehen, was Shadow dort so alles anstellt!"

„Okay Scrabble! Ich hole sie ab und bringe sie in die Werkstatt!" Der Kerl Darker setzt sich auf sein Motorrad und fährt davon.

„Nun zu uns, meine Liebe!" „Ich bin nicht ihre Liebe! Ich heiße Leo!" Scrabble grinst. Er taxiert sie erneut von unten nach oben und wieder retour. Dieses Mal langsamer und genüsslicher. „Also für dein Alter, hast du noch ein tolles Fahrgestell!"

„Also, das ist doch die Höhe!" Leo ist verärgert. Auch wenn sie etwas älter ist, muss sich nicht bloßstellen lassen! Erst macht sie sich die Mühe und hilft Shadow, obwohl sie nichts mit ihm zu tun hat und dann muss sie sich beleidigen lassen?! Geht's noch?

Sie dreht sich auf der Stelle um und will ins Haus zurück gehen. Ein Arm hält sie auf. „Moment! Du kommst mit… Leo!" Sein autoritärer Ton lässt sie innehalten. „Was willst du noch von mir? Ich habe alles getan, was mir möglich war. Also verschwinde!" Ihre verärgerte schrille Stimme amüsiert ihn nur.

Sein Sohn hat sich eine alte Wildkatze angelacht. Wäre sie nicht die Bitch seines

Sohnes, hätte er sie gerne flachgelegt. Sie ist wirklich amüsant, die kleine Alte.

Scrabble hat einen Moment nicht aufgepasst und schon ist Leo im Haus verschwunden. Bevor er reagieren kann, ist die Haustüre ins Schloss gefallen. Er zuckt die Achseln. Dann eben nicht.

Nicht, dass die Tür ein Problem für ihn darstellen würde. Er könnte sie in Null Komma Nix eintreten. Aber er weiß nun, wo er sie finden kann, sollte er etwas von ihr benötigen. Er steigt auf seine Harley und fährt ins Krankenhaus, um seinen Sohn nach Hause zu holen.

Schwieriger Patient

Shadow guckt missmutig in den sprichwörtlichen Narrenkasten. Gerade hat ihn die Schwester wie ein kleines Kind ins Bett gebracht und er musste sich beim Wasser lassen aushelfen lassen! Gedemütigt hat er es über sich ergehen lassen müssen. Nie wieder… nie wieder… macht er so ein verdammtes Spiel mit!

Die Tür öffnet sich mit Schwung und fällt mit Karacho gegen die Wand.

„Zeit, dass du kommst, Dad!", meint Shadow misslaunig. Scrabble lacht. Sein Sohn ist munter und schlagfertig wie eh und je. „Wünsch dir auch einen schönen Tag, mein Sohn. Zeit, heimzufahren! Komm schon!"

„Wenn ich es könnte, wäre ich schon längst da! Scheiße… verdammte!", flucht Shadow gereizt.

„Was ist los?" „Ich kann noch immer nicht auf meinen eigenen Beinen herumlaufen! Das ist los! Kacke!" Scrabble sieht sich um, wie um sich brauchbare Informationen zu holen.

Zu seinem Glück kommt gerade die Visite. Die Oberschwester fährt den Wagen mit dem Laptop zur Tür herein. Der Arzt folgt ihr diskutierend mit einem jungen Assistenten. Sie bleiben stockend und erstaunt stehen.

Scrabble sieht aus, als käme er gerade aus irgendeinem Loch gekrochen. Dabei ist er geradewegs von der Arbeit aus seiner Mechaniker Werkstatt gekommen. Gut möglich, dass hier und da ein schwarzer Ölfleck zu sehen ist…

Sein Glatzkopf, sowie seine nackten, muskulösen Arme sind tätowiert und dreckverschmiert, als hätte er sich mit einem nassen Lappen voller Motorenöl abgewischt. Die Beine sind in dreckigen Jeans und Boots versteckt. Seine ärmellose Jeansjacke, über einem schwarzen, verschwitzten, legeren Shirt, verdeckt einen breiten Brustkorb.

Angewidert sieht die Schwester absichtlich zur Seite. Wer ist dieser unappetitliche Kerl nur?

„Ah… der Herr Doktor ist da. Was ist mit meinem Sohn passiert!", bellt er den älteren Arzt an. Dieser sieht ihn ruhig und schweigsam an. „Bitte beherrschen Sie sich. Sie sind hier unter Patienten, denen Sie Angst machen!"

Scrabble sieht sich um und grunzt, aber er mäßigt sich und bleibt still. Seine Augen starren den Mann im weißen Kittel weiterhin auffordernd an.

Der Doktor seufzt. Er fängt mit dem, ihm namentlich unter Shadow bekannten Patienten an. „Wie geht es ihnen Shadow?" „Scheiße! Verdammte! Wann kann ich auf meinen verfickten Beinen wieder alleinstehen?" Böse zieht er die Augenbrauen zusammen.

„Dasselbe gilt für Sie, Shadow! Mäßigen Sie sich. Es wird nicht eher besser! Um auf den Punkt zu kommen. Sie werden eine Therapie beginnen. Ihr Heilungsprozess wird langwierig werden. Sie hatten Glück, dass ihr Bein nicht von ihrem schweren Motorrad zerquetscht wurde. Dennoch wird es einige Zeit dauern, bis sie wieder normal gehen können. Sie müssen da durch und Zähne zusammenbeißen. Ab heute beginnen wir mit der Physio. Sie werden jeden Tag abgeholt und sie werden brav alles machen, was die Therapeutin ihnen befiehlt. Alles klar?"

Der strenge Ton des Arztes lässt Shadow verstummen. Die Angst vor einer Zukunft mit dem Rollstuhl sitzt ihm im Nacken.

Ergeben nickt er knurrend mit dem Kopf. Der Arzt ist zufrieden.

Scrabble hingegen ist verstummt. Sein Sohn kann nicht gehen? Was ist das für eine verfickte Scheiße? „Was machen wir jetzt?" Scrabble ist ratlos. Sein Sohn kann nicht laufen. Er muss zur Physio? Jeden Tag? Was soll diese Scheiße jetzt?

„Ich denke, ich gehe jetzt nach Hause und schicke dir Darker! Er soll dir Gesellschaft leisten!" Shadow resigniert. „Ach Dad! Lass es! Ich komm schon klar! Nach einer Woche holst du mich ab. Vielleicht bekomme ich ja eine hübsche Therapeutin und ich amüsiere mich blendend!" Er versucht über seinen Witz zu lachen. Aber es gelingt ihm nicht so ganz.

„Tja, dann viel Spaß! Ich schau morgen nach dir!", meint Scrabble und geht polternd hinaus. Die Oberschwester und die Ärzte atmen auf.

Erste Therapie im Rollstuhl

Leo sieht auf ihren Arbeitsplan. Ein neuer Patient steht auf ihrer Liste. Shadow. Was für ein Name ist das denn? Shadow! Shadow? Shadow!

Das ist doch… na klar! Wieviel Pech braucht es, dass ich DEN Shadow zweimal über den Weg laufe! Er ist anscheinend schwerer verletzt, als es den Anschein gehabt hat. Er braucht eine Physio und sie soll ihn behandeln! Shit!

Aber was soll's? Achselzuckend macht sie sich auf den Weg zu seinem Krankenzimmer. Vielleicht erkennt er sie nicht mehr? Eine kleine Hoffnung besteht. Der junge Kerl soll ihr nicht blöd kommen, sonst setzt es was!

Ihre Schritte werden forscher. Sie grummelt sich in Rage. Der Shadow verfolgt sie noch in ihren Träumen, wenn sie nicht aufpasst.

Und dann ist da noch sein Vater… dieser Scrabble. Sie argwöhnt, dass sie ihn nicht das letzte Mal gesehen hat.

Sie öffnet schwungvoll die Tür des Krankenzimmers. Ihr Blick klebt absichtlich auf ihrem Board in der Hand. „Herr

Shadow?", ruft sie laut. Sie sieht ihn nicht an und ihr Blick schweift zuerst über die anderen Patienten.

„Ich!", murrt der Angesprochene. Sie dreht sich betont langsam zu ihm und blickt direkt in seine Augen. Sie sind grün, wie die seines Vaters. Er scheint sie nicht zu erkennen. Gut so. Sie machen einen Neuanfang.

„Ich bin ihre Therapeutin, Shadow! Mein Name ist Leo. Fangen wir mit dem Ist Stand an? Ich möchte vorerst sehen, wie weit sie ihre Beine gebrauchen können. Bitte stehen Sie auf und stützen Sie sich dabei voll auf mich! Keine Angst, ich kann sie tragen!"

Shadow sieht sie irritiert an. Dieses fucking geile Persönchen will ihn tragen? Dass ich nicht lache, denkt er sich und er lacht tatsächlich.

Inzwischen zieht Leo, ohne die Miene zu verziehen, die Decke von ihm weg und sieht ihn auffordernd an. Sie wartet. Er rührt sich nicht und sieht sie frech an. Seine Hand liegt wie von ungefähr auf seinem Schritt und umfasst durch seinen Kittel den leicht erigierten Schwanz.

Sie verdreht die Augen. Was will er eigentlich von ihr? Sie könnte seine Mutter sein! Sieht er das nicht?

„Ich warte!", meint sie nur und greift nach seinen Knöcheln und zieht sie an den Rand. Dann geht sie ganz nahe an ihn dran und greift unter seine Achseln. Er stößt sie weg.

„Das kann ich noch allein!", knurrt er missmutig. Sie tritt ein wenig zur Seite und beobachtet ihn genau, immer zur Stelle, sollte er nach vorne kippen. Aber er setzt sich alleine schnaufend auf. Seine Beine baumeln nach unten. Sie ist zufrieden.

„Jetzt will ich den nächsten Schritt sehen! Shadow, Sie versuchen sich auf ihre Beine zu konzentrieren! Keine Angst, ich bin bei ihnen! Stützen Sie sich ruhig auf meiner Schulter auf!" Sie tritt vor ihn und wappnet sich.

Der schwere muskulöse Körper wird ihr alles abverlangen. Aber sie ist zuversichtlich, dass er sich Mühe geben wird. Seine Hand tappt auf ihre Schulter. Langsam rutscht er von der Kante des Bettes und stellt sich auf die wackeligen Beine.

„So ist es gut! Ich sehe, wir werden dicke Freunde werden!", versucht sie ihn aufzumuntern. Er schnauft und fällt erschöpft wieder nach hinten.

‚Was will sie eigentlich? Sie muss ja wissen, dass ich nicht alleine gehen kann! Warum geilt sie sich an meiner Schwäche auf? So eine verfickte Scheiße! Aber ich muss es machen. Ich will wieder laufen können.' Shadows Gedanken fahren Karussell. Er ist frustriert. ‚Es ist so anstrengend. Mein Rücken ist schweißnass, dank dieser Therapeutin. Wie hieß sie doch gleich? Leo? Wo geht sie jetzt hin? Sie fährt einen Rollstuhl herein? Für mich? Scheiße nochmal! Nicht mit mir!'

„Da setze ich mich nicht hinein!", knurrt er sie an. „Stellen Sie sich nicht so an, Shadow! Ihre Beine tragen ihren Körper nicht, aber irgendwie muss ich sie ins Therapiezentrum bringen! Kommen Sie schon! Sie werden es überleben."

Ohne viel Federlesens greift sie zu und bringt seine Knöchel wieder zur Bettkante und zieht ihn hoch. Er ist über ihre Kraft wirklich überrascht. Sie kann zupacken, die Alte!

Irgendwie kommt sie ihm bekannt vor. Er weiß noch nicht, woher er sie kennen könnte. Sie riecht auf jeden Fall fantastisch. Sein Lieblingsgeruch von Vanille sticht deutlich hervor. Schnuppernd zieht er seine Nase über ihren Hals.

„Was machen Sie da?" Irritiert lässt sie ihn in den Rollstuhl fallen. „Oh… Verzeihen Sie!

Das war nicht Absicht!", versucht sie ihre Tollpatschigkeit zu entschuldigen. „Keine Ursache… war meine Schuld!", grummelt er.

Sie ist überrascht, dass er nicht erneut zu fluchen anfängt. Sie hätte erwartet, dass er sie deswegen verdammt. So wie er es ständig tut. Sie schiebt ihn auf den Gang, direkt zu den Therapieräumlichkeiten.

Shadow hat sich beruhigt. Er lässt sich problemlos und ohne weiteren bissigen Kommentar durch die Gänge schieben. Die Aufmerksamkeit der Menschen ist deutlich spürbar. Shadow ist ein auffälliger Mann. Er ist groß und er ist ein richtiger Bad Boy. Auch wenn er in einen weißen Krankenhauskittel gehüllt ist. Seine Herkunft kann er nicht verleugnen. Seine Tattoos sind sehr auffällig. Sein Gehabe ist frech.

Er pfeift jeder Krankenschwester nach und grinst sie dabei noch dreckig an. Leo verdreht nicht zum ersten Mal die Augen. „So… da sind wir." Sie schiebt den Rollstuhl zu ihrer Koje und befiehlt ihm, sich doch auf die Liege zu legen.

„Ich helfe ihnen dabei, Shadow!" Sie drückt die Bremsen des fahrbaren Stuhls und zeigt ihm vorerst, wie er es machen soll. Bald hat sie ihn auf der Bank ausgestreckt. Sie sieht zu ihm hinunter. Ohne weiter zu überlegen, streichelt sie ihm über seine langen, bereits fettigen, aber doch lockigen Haare. ‚Sie müssten gewaschen werden!' denkt sie sich in diesem Moment. Dann konzentriert sie sich auf ihn.

„Also… ich werde erst mit einer entspannenden Massage in ihrem Nacken- und Kopfbereich anfangen. Danach beginnen wir mit leichten Übungen, die sie von Zeit zu Zeit in ihrem Krankenbett wiederholen sollten. Alles klar?"

Er bleibt stumm. Er fühlt sich unwohl. Er fühlt sich unsicher. Die schmale Liege trägt dazu bei. Also fügt er sich.

Als sie ihre Hände in seinen Nacken legt und seine verspannten Muskeln anfängt zu kneten, stöhnt er wollüstig auf. Er drängt sich in ihre Hände und hofft, dass es noch lange so dahingeht.

Leo bemerkt, dass sich Shadow zusehends entspannt. Seine Geräusche sind laut und genießerisch. Es wird ihr langsam peinlich! Sie versucht diese hemmungslosen Laute auszublenden. Dennoch richten sich ihre Ballen und Finger nach diesen ekstatisch klingenden Tönen.

„Das tut guuut!", brummt er stöhnend. Eine Kollegin Leos schaut beim Vorhang herein. „Alles in Ordnung?" Sie sieht auf Shadow und fächelt sich lächelnd die imaginäre dicke Luft mit der Hand weg. Verstehend verdreht sie die Augen. Shadow ist wahrlich ein großes, ansehnliches und ein äußerst muskulöses Mannsbild. Der Vorhang fällt wieder zu.

„So… jetzt zu den Übungen!" Shadow öffnet irritiert die Augen. Der Übergang ist hart. Er hat es wirklich genossen. Sein Schwanz ist hart und der Kittel steht wie ein Zelt von ihm ab. Leos Blick fällt immer wieder darauf. Ihr ist heiß. Shadow greift wieder auf seinen erigierten Penis und streichelt ihn.

„Willst du ihn reiten?", fragt er frech. Leo bleibt die Luft weg. „Das ist…!" Sie gibt ihm einen Schlag auf den Oberarm. „Aua…!", schreit er lachend. Dann treibt sie ihn an. Sie macht es absichtlich. Sie führt ihn an seine Grenzen.

„Halt! Scheiße… ich kann nicht mehr!" Shadows Schwanz ist längst schlaff zur Seite gekippt. „Diese Übungen machst du, so oft du kannst!" „Aber…" „Du willst wieder schnell auf die Beine kommen, oder nicht?", keift sie

ihn leise an. Darauf findet er keine Antwort.
Die Alte hat das Sagen. Punkt.

Dumme Idee

„Wo ist Shadow!", verlangt Scrabble von den anderen Patienten zu wissen. „Bei der Physio!" Scrabble ist verärgert. Er hat genug zu tun. Die Kunden warten auf ihre Autos! Fuck!

Shadow ist auch wichtig. Aber wenn er jeden Tag in dieses Krankenhaus fahren muss, dreht er durch! Die Zeit hat er nicht! Fuck!

Scrabble dreht sich um. Verdattert beobachtet er seinen Sohn, der in einem Rollstuhl von… Leo hereingeführt wird? „Wen haben wir denn da? Leo, altes Mädchen!"

Leo sieht Scrabble entsetzt an. Der Kerl hat ihr noch gefehlt! Wieso hat sie die Aufgabe, Shadow in sein Zimmer zu bringen, nicht einem der Fahrer überlassen?

„Hallo Herr Scrabble!", begrüßt sie ihn förmlich. Scrabble fängt an, herzlich und laut loszulachen. Sein ganzer mächtiger Körper bebt.

„Leo, ich liebe dich! Herr Scrabble… ha… ha… ha…!" Er nimmt sie in seine mächtigen Arme und drückt sie an sich. Ein großer Schmatzer folgt. Verärgert über den

Überschwang, will sie sich befreien. Aber er lässt nicht locker.

Irgendwann steht sie ungeschützt auf wackeligen Beinen vor ihm. Er sieht sie grinsend an. Sie gefällt ihm. Ihre Kurven sind gepolstert. Er will sie. Bedauernd fällt ihm ein, dass Shadow den Vortritt hat.

„Wie geht es meinem Sohn?" „Er muss seine Übungen machen. Ich kann mir vorstellen, wenn er seine Muskeln stetig trainiert, dann wird er bald wieder auf den Beinen sein." Scrabble nickt zufrieden. „Kann er zu Hause trainieren?" „Nicht ohne einen Therapeuten, der gezielt mit ihm übt.", warnt sie ihn. Scrabble denkt nach.

Sein eigener, spontaner Gedanke, dass sie bei ihnen einzieht, gefällt ihm. „Dann bist du unsere Therapeutin! Shadow kommt nach Hause und du mit uns!" „Dad! Das ist eine verdammt gute Idee! Ich will hier endlich raus!"

„Oh nein… das ist keine gute Idee!", wehrt sich Leo entsetzt und tritt den Rückzug an. So schnell wie sie kann, ist sie auch schon draußen und um die nächste Ecke. Scrabble wird sie nicht mehr finden, da ist sie sich sicher.

„Du entkommst mir nicht, Leo!", meint sie noch zu hören.

Das wird ja immer schöner! Ich bei den beiden Kerlen zu Hause! Das können sie vergessen! Wer weiß, welche Gestalten noch daherkommen! Leo ist wütend. Der Patient, den sie mit ihren Händen den Rücken knetet, stöhnt auf. „Aua…! Das tut weh! Bitte nicht so fest!"

Die Klage ruft Leo in die Gegenwart. Bestürzt muss sie erkennen, dass Shadow und Scrabble ihr ganzes Denken beanspruchen und dabei sind, sie bis aufs Blut zu reizen. Sie nimmt von dem Druck weg. „Besser so?", fragt sie nach. „Ja, danke! Das ist gut so!" Der Patient entspannt sich sofort.

Nach drei Stunden ist sie endlich mit ihrer Arbeit fertig und sie verlässt völlig abgespannt und müde das Therapiezentrum des Krankenhauses. Langsam schleppt sie sich zur Bushaltestelle, als neben ihr ein Motorrad einherfährt.

Sie schreckt zurück. Sie wollte soeben die Straße überqueren. Was ist nur los mit den Motorradfahrern?! Sie blickt auf… und Scrabble lacht ihr ins Gesicht.

„Steig auf! Ich bring dich nach Hause!" „Nein danke! Ich fahre mit dem Bus. Geh weg, sonst komm ich zu spät!" Aber Scrabble lässt sich nicht beirren. „Nun mach schon und steig auf das verfickte Motorrad auf!" „Nein!" Sie bleibt stehen, weil ihr Scrabble permanent den Weg verstellt.

Ihre verschränkten Hände und ihr böser Blick lassen ihn nur auflachen. Er nimmt seinen Helm von seinem Kopf und fängt sie an dem Jackenaufschlag ein und zieht sie unerbittlich zu sich. Er stülpt ihr den Helm über und der kleine Gurt rastet unter ihrem Kinn ein.

Unter seinem Blick wird ihr heiß. Seine Augen sind fast gleich grün, wie die seines Sohnes. Aber dieser Kerl ist ein ganzer Mann. Sein kantiges Gesicht, seine breite Brust, seine starken Arme und seine muskulösen Schenkel machen sie heiß und kribbelig.

Ihr Blick schweift auf jedes einzelne Körperteil und sie wird rot. Er hat sie ertappt, denn er hat sie ruhig beobachtet. „Bist du bald fertig?", meint er jetzt frech grinsend.

Um nicht ihre Fassung zu verlieren, nimmt sie seine Hand und lässt sich auf das Motorrad hinaufziehen. „Festhalten!" Sie fragt sich nur wo. Es ist eine Premiere für sie, auf einem Motorrad zu sitzen. Er nimmt ihre Hände zu sich vor und legt sie vor seinem Bauch übereinander. Dann startet er gekonnt und fährt mit einem moderaten Tempo los. Bald beschleunigt er, sodass sie glaubt, sie stürzt hintenüber und sie krallt sich fester in seine Bauchmuskeln.

Heiße Aussichten

Scrabble genießt die Fahrt mit Leo hinter ihm. Die Frau ist geil. Er hat seinen Sohn beobachtet. Er scheint nichts für sie zu empfinden. Aber er muss ganz sicher sein. Morgen wird er Klarheit haben und dann…

Sie fahren an ihrem Wohnhaus vor. „Leo wir sind da! Wir können bei dir oben kuscheln!", schlägt er frech vor. Abrupt hebt sie den Kopf, den sie müde auf seinen breiten Rücken gelegt hat. Sie hat nur kurz die Augen geschlossen! Jetzt sind sie schon da? Mein Gott! Sie wäre mit dem Bus auf dem halben Weg!

Sie rutscht vorsichtig auf den Boden und hält sich noch eine kleine Weile fest… ihre Beine sind etwas wackelig. Dennoch hat es ihr gefallen. Sie nimmt den Helm ab und reicht ihn Scrabble. „Danke, fürs Heimbringen!" Sie dreht sich um und will auf das Haus zugehen.

„Hey! Nicht so schnell! Wir müssen etwas besprechen!" Leo hat es geahnt, dass er es nicht umsonst gemacht hat. Also was will er noch von ihr? Sie dreht sich fragend und mit gebührendem Abstand um.

„Ja?" „Willst du mich nicht auf einen Kaffee einladen?" „Was?! Wieso sollte ich das tun wollen?" Sie sieht in Scrabbles Gesicht, was sie auf jeden Fall nicht tun sollte.

Sein Lächeln erhellt seine Züge. Seine Augen sind voller Fältchen. Sein Gesichtsausdruck zeigt eine kleine Spur Unsicherheit. Der Mann macht sie fertig!

„Komm schon, Scrabble! Du willst sicher noch einen Kaffee trinken! Aber dann ab mit dir!" Kopfschüttelnd geht sie voran.

Ohne weiteren Kommentar eilt sie ihres Weges. Scrabble lacht laut los. Er stützt seine Harley am Gehsteigrand ab und folgt ihr mit langen Schritten… mit genussvollem Blick auf ihren ausladenden Po. Am Eingang holt er sie ein, hält die beinahe zufallende Tür auf und erwischt gerade noch den Aufzug. „Warte doch! Ich weiß ja nicht einmal genau, welches Stockwerk du wohnst!"

Sein Ton grollt ungehalten. Die Frau nervt ihn jetzt. Er hat das Gefühl, als wäre er nicht willkommen. Aber er muss wissen, wie es weitergeht. Die Gesundheit seines Sohnes hat Vorrang und dazu braucht er Leo.

Dritter Stock… links, erste Tür. Er liest das Türschild… Hauser. Aha… Leo Hauser… ein alltäglicher Name. Sie schließt auf und überlässt es ihm, die Tür von innen zuzumachen. „Schuhe ausziehen!" Seufzend folgt er, entgegen seiner Gewohnheit. In Socken geht er in das nächste Zimmer.

Die Wohnung ist klein, aber zweckmäßig. Er schmeißt sich auf die Couch, die unter seinem enormen Gewicht ächzt. Die Beine legt er, aufgrund seiner hünenhaften Größe, auf die Armlehne, am anderen Ende der Couch.

„Ah… ich sehe, du hast es dir schon gemütlich gemacht!" Ihre lakonische Antwort reizt ihn zu lächeln. Sie setzt sich ihm gegenüber auf den Polstersessel und legt die Beine wohlig aufseufzend auf den Tisch. Sie beobachten sich permanent unter fast geschlossenen Lidern.

„Also, was willst du von mir?" Leos Strategie ist immer geradeaus. Damit entlockt man die spontansten Antworten. Aber nicht so bei Scrabble. Er ist sehr zurückhaltend… immer nur mit notwendigen Informationen.

„Ich will, dass du meinen Sohn Shadow bei uns zu Hause therapierst!" Seine Antwort kommt nach einer längeren Gesprächspause wie ein Peitschenhieb.

Leo verschluckt sich und hustet. „Das mache ich nicht! Außerdem habe ich einen Job!" Scrabble sieht sie lange, prüfend und schweigend an. Leo schließt nun die Augen ganz. Sie ist abgespannt. Der Tag ist wie immer lang gewesen. Scrabble weiß, dass ihr Job anstrengend ist und sie alltäglich müde nach Hause fährt. Aber er braucht sie.

„Ich bezahle dich doppelt für die Stunden der Therapie!" Sein Ton ist laut genug, dass sie wieder aus ihrem leichten Beinaheschlummer aufwacht. „Ich bin voll ausgelastet im Krankenhaus! Keine Chance!"

„Ich fahre dich jeden Tag hin und her!", versucht er es mit einem weiteren Angebot. Sie sieht jetzt nicht mehr so abweisend aus. Er sieht sie im Geiste ihre Vorteile durchdenken. Er lässt ihre Zeit. Er ist nicht umsonst der Mann, der die Strategien unter seinen Kumpels effizient und erfolgreich durchboxt. Ob die Taktik bei Leo ausgereift ist, wagt er zu bezweifeln.

Sie selbst denkt komplett anders als er. Sie ist spontan… und sein Plan scheint nicht aufzugehen! Shit! Er muss abwarten… ihr mehr Zeit geben, es sich doch noch anders zu überlegen.

Er schließt die Augen. Auch er ist müde und schläft schließlich entspannt ein.

Leo öffnet die Augen. Ihr fällt auf, dass es bereits finster geworden ist. Sie muss auf dem

Polstersessel eingeschlafen sein! Mit noch mehr verspannten Gliedmaßen rappelt sie sich auf.

Ihr Blick fällt auf den langgestreckten, ruhig daliegenden Körper des Mannes, der ihr ein, fast schon unmoralisches, Angebot gemacht hat.

Wie war das gleich noch?

Ein kleiner Schnarchton holt sie aus den Gedanken. Sie schüttelt fassungslos den Kopf. Wie kann sie sich auf so einen Mann einlassen? Was ist, wenn er unlautere Absichten ihr gegenüber hat? Shadow und Scrabble sind Bad Boys, die ständig lautstark fluchen. Jetzt kann sie nur versuchen, Scrabble möglichst schnell aus ihrer Wohnung zu verscheuchen. Aber wie? Soll sie ihn aufwecken?

Aber dazu hat sie nicht das Herz. Scrabble hat sich sehr um seinen Sohn gesorgt. Er ist fast jeden Tag im Krankenhaus erschienen und hat sich nach ihm umgesehen. Er kann kein schlechter Mensch sein, oder?!

Sie ist müde und wäre gerne in ihr Bett gegangen. Aber das traut sie sich dann doch nicht. Sie fühlt sich nicht sicher mit diesem Kerl in ihrer Wohnung. Was tun?

Sie macht sich etwas zu essen. Vielleicht wird er munter und will von sich aus gehen? Sie hofft inständig darauf und klappert extra laut mit ihren Töpfen. Sie hört ein Geräusch und dreht sich um. Ihr Körper zuckt zusammen. Scrabble steht direkt hinter ihr.

„Du hast mich erschreckt! Mein Gott, Scrabble! Mach so etwas nicht wieder!" Scrabble hingegen zuckt mit den Achseln und rückt näher und blickt ihr über die Schulter.

Was kochst du da? Ist da auch etwas für mich dabei?" Sie nickt verhalten. Sein heißer Atem rieselt über ihren Nacken. Ein Schauer nach dem anderen überstreift ihren Körper. Wie lange ist es her, dass sie so etwas gefühlt hat? Sie weiß nicht so recht, wie sie sich verhalten soll. Am liebsten würde sie über ihn herfallen. Sex ist schon immer eine gute Sache gewesen…

Doch sie hält sich stocksteif vor dem Herd. Einzig ihre Hand macht automatische Bewegungen. Er rückt noch näher. Sein ganzer Körper schmiegt sich an ihren. All ihre Sinne stehen unter Hochspannung. Sie spürt seine Gegenwart überdeutlich und noch deutlicher spürt sie den harten Muskel zwischen ihren Pobacken, die in einer engen Strech Jeans stecken.

Ihr wird heiß. Er hält ihre Hüften und reibt sich leicht an ihr. Sein leicht keuchender Atem bläst durch ihre Haare, bis auf ihre Kopfhaut. Stöhnend fängt auch ihre Hüfte an zu wackeln. Sie kann es nicht verhindern. Ihr Körper hat sein Eigenleben entwickelt.

„Komm! Du willst es doch auch!", flüstert ihr Scrabble ins Ohr und beißt ihr leicht in das kleine Läppchen. Als seine Zunge darüber leckt, ist es um sie geschehen. Sie dreht sich um und zieht seinen kahlen Kopf an den Ohren zu sich hinunter. Ihre Lippen prallen aufeinander. Scrabble beugt sich weiter hinunter. Er dreht die Ofenplatte ab, krallt sich ihren ausladenden Po und hebt sie zu sich hinauf. Dabei trennen sich ihre Münder keine Sekunde.

Sie kommt auf dem Küchentisch zu sitzen. Er spreizt ihre Beine und stellt sich näher zu ihr. „Du bist eine geile Frau! Hast du was mit Shadow?" Diese letzten Worte ernüchtern Leo augenblicklich. „Was?! Nein! Was glaubst du wer ich bin! Geh weg von mir!"

„Ts… ts… ts… Du hast mir selbst gesagt, dass ihr euch geküsst habt.", erinnert er sie. Leo denkt nach. „Wir haben uns nicht geküsst. Er hat mich geküsst, als er verletzt am Boden lag!" Leo ist ernstlich böse. Was glaubt er eigentlich, wer er ist?

„Bitte geh jetzt einfach! Ich will allein sein!" Seine Frage hat sie erschüttert. Sie bumst doch keine kleinen Jungen! Aufgebracht hat sie sich über ihre wundgeküssten Lippen gewischt.

„Das Angebot zur Therapie… überlege es dir noch! Ich würde mich verdammt freuen, wenn du meinen Sohn wieder aufrichtest!" Sie nickt nur und wartet, bis er endlich die Tür hinter sich zu fallen lässt. Schnell läuft sie hinterher und verschließt sie sorgfältig. Dann lehnt sie sich frustriert dagegen und rutscht zum Boden hinunter. Es hat so schön angefangen, bis… Ach was!

Schluss mit Fluchen!

Am nächsten Tag ist Shadow ihr erster Patient. „Guten Morgen Shadow! Wie geht es heute?" „Mmm!", brummt ihr junger Patient. Sie schiebt den Rollstuhl näher ans Bett und wartet darauf, dass er sich selbst hineinsetzt.

Er kann das! Geduldig wartet sie ab, dass Shadow sich aufrichtet und sich schwer atmend in den fahrbaren Stuhl hievt.

Bald schiebt sie ihren Patienten in das Therapiezentrum und lässt ihn wieder alleine auf die schmale Liege hinaufklettern. „Das machst du sehr gut! Hast du deine Übungen gemacht?" „Mmm…" Sehr gesprächig scheint der Kerl heute nicht zu sein.

Sie fängt mit der Kopf Nacken Massage an. Bald schnurrt er vor Wohlbehagen. Sie lächelt. Es freut sie immer wieder, wenn sie jemanden etwas Gutes tun kann. Aber er muss auch an sich arbeiten. „Zeit für neue Übungen! Setz dich auf, mein Lieber!"

„Ich habe Kopfschmerzen!" Besorgt beugt sie über ihn. Die Sonne scheint auf ihren Hinterkopf und da ist es wieder! Shadow hat wieder die Vision eines Engels… seines Engels? Die blonden Haare Leos erstrahlen gleißend hell in dem morgendlichen Sonnenlicht. „Mein verflixter Engel!", flüstert er ehrfürchtig.

„Wenn das jetzt ein Kompliment sein soll, freue ich mich. Aber ich bin wirklich kein Engel und hör endlich mit dem Fluchen auf, verdammt noch mal!" Ihre Stimme ist immer lauter geworden. Das Fluchen regt sie immens auf. Der Sohn und der Vater sind anscheinend Weltmeister in Fluchen!

Shadow lacht. „Du fluchst auch schon!" Sie schlägt ihm auf die breiten Schultern. „Halt still und mach deine Übung!" Sie guckt böse, aber innerlich lachend. Dann konzentriert sie sich auf den Patienten. Sie fordert ihn und Shadow flucht und stöhnt lauthals.

„Du warst am Unfallort bei mir, stimmt's?" „Ja."

„Fuck, ich wusste es!" Sie verdreht die Augen und fordert eine weitere Übung. Dann ist er entlassen. Ein Fahrer bringt ihn in sein Zimmer.

„Hey Dad! Leo ist der Engel gewesen!" Shadows Gesicht drückt Zufriedenheit aus. „Ich weiß. Hast du was mit ihr?" „Mit wem?" „Leo!" „Leo? Ich weiß nicht. Nein. Sie ist verfickt cool. Aber mehr... nein!" „Fluche nicht im Zusammenhang mit ihr, Shadow!"

Scrabble ist gereizt. Er wollte Leo sehen und bekommt nur den verdammten Fahrer zu Gesicht! Dennoch erfreuen ihn die Worte seines Sohnes. Sein Sohn will Leo nicht. Er ist mehr als erleichtert. Seit letzten Abend bekommt er sie nicht mehr aus seinem Kopf. Sie geht ihm unter die Haut. Sie muss es auch spüren, oder nicht?

Er ist am Arsch...

Ein paar Tage ist Shadow noch stationär. Diese paar Tage muss er nutzen, Leo davon zu überzeugen, ihren Patienten bei sich zu Hause zu behandeln. Nur wie? Er wird sie heute wieder vor dem Krankenhaus abfangen und nach Hause fahren.

Zufrieden, mit einem Ziel vor Augen, geht er fröhlich pfeifend nach draußen und fährt weg. Shadow beachtet seinen Dad nicht weiter denn dieser hat ihm seine Spielkonsole gebracht, die er nun ausgiebig mit seinen drei Bettnachbarn benutzt.

Weg mit dem Rollstuhl

Leo kommt mit Gehhilfen in Shadows Zimmer. „Was soll ich damit, verdammt? Wo ist der Rollstuhl?", blafft er sie an. Sie sieht ihn stumm in die Augen. Das Blickduell gewinnt Leo.

„Mach schon! Wir müssen uns beeilen! Dein Vater wird ungeduldig!" Sie reicht ihm eine Krücke und zeigt ihm, wie er sich am besten damit hochzieht. „Halte dich an meiner Schulter an! Es geht! Du musst dich nur anstrengen! Na los!", feuert sie ihn an.

„Ja Mann, mach schon!", gibt sein Bettnachbar seinen Senf dazu. „Zeig es ihr, wie es geht!" „Halt die Klappe! Verflucht…!" Der Bettnachbar kassiert Shadows Mittelfinger. Konzentriert stützt er sich auf die Schulter Leos.

„Du hast auch eine Krücke!", ächzt sie und stemmt sich gegen das Gewicht des schweren Körpers. Sie übereicht ihm die zweite Krücke und lässt ihn damit vorsichtig alleinstehen. Aber sie ist stets bereit… bereit ihn aufzufangen, sollte er straucheln. Dann geht sie einen Schritt zur Seite. „Nun trau dich und mach einen kleinen Schritt. Keine Angst, du kannst das!" Ihre Stimme gibt ihm Mut. Er probiert es… etwas wackelig auf einer Seite, aber es funktioniert.

„Klasse Kumpel!" Die Bettnachbarn sind mittlerweile so etwas wie Freunde auf Zeit geworden. Shadow schwitzt wie ein Schwerstarbeiter auf der Baustelle. Seine Schritte werden dennoch immer selbstbewusster und bald kann er neben Leo einher humpeln.

Er grinst. Der Rollstuhl ist Geschichte! Dennoch ist er froh, als sie endlich das Therapiezentrum erreichen. Er hat das Gefühl, gerade jetzt schlapp zu machen und ist froh, sich endlich auf die schmale Behandlungsliege legen zu können.

„Das war wirklich toll, wie du das gemacht hast!" „Scheiße! Willst du mir nicht auch noch ein Leckerli geben?", grollt er missgelaunt. Woher seine schlechte Laune plötzlich kommt, weiß er auch nicht so genau. Aber es ist so.

Leo beginnt mit der Nacken Kopf Massage, wobei sie überzeugt ist, dadurch seine miese Laune schnell vertreiben zu können. Sie soll recht behalten. Bald fängt er an zu seufzen.

Seine übertriebenen Stöhnlaute hat er jedoch schon lange aufgegeben, nachdem Leo ihm gedroht hat, dass er keine derartige Massage in Zukunft von ihr bekommen würde, sollte es so weitergehen.

Leo ist zufrieden mit Shadows Fortschritt. Heute ist erst der dritte Tag unter ihren Fittichen! Zwei Tage und er kann nach Hause entlassen werden. Die notwendigen Übungen kann er auch ohne sie absolvieren. Außerdem wird sie ihm ein Laufband empfehlen, damit er beginnen kann, seine geschwächten Beinmuskeln langsam aufzubauen.

Schadenfreudig denkt sie an Scrabble. Er hat keinen Grund mehr, sie als Therapeutin zu engagieren. Grinsend knetet sie Shadows Bein und erntet ein „Au…! Das tut weh!" „Entschuldige Shadow! Aber wir müssen dein Bein mehr fordern! Ab nächster Woche bin ich nicht mehr für dich da und dann bist du auf dich allein angewiesen, dein Bein zu stärken!"

„Ich dachte, du kommst zu mir nach Hause? Dad hat es mir schon gesagt!" Irgendwie klingt das vorwurfsvoll. Sie ist verärgert, dass Scrabble seinen Sohn in diese Diskrepanz zwischen ihr und seinem Dad hineinzieht.

„Wir sind fertig!" Sie reicht ihm seine Krücken. Jetzt nimmt er sie mit mehr Selbstvertrauen an. Seine Muskeln sind aufgewärmt und gelockert und er humpelt wesentlich schneller neben ihr einher.

Sie ist zufrieden und blickt schadenfreudig auf Scrabble, der ihnen argwöhnisch entgegenblickt. Einerseits freut er sich natürlich für seinen Sohn, aber er ahnt, dass dies auch bedeutet, dass Leo nicht zu ihnen nach Hause kommen wird.

„Hi, Dad. Ich habe die verfickten Krücken bekommen." Scrabble zieht finster die Augenbrauen zusammen. „Ich sehe es… Verdammt!" Leo hebt die Augenbrauen. „Wie bitte?! Freuen Sie sich nicht über ihren Sohn, Herr Scrabble?", fragt sie scheinheilig.

„Ich fahr dich nach Hause. Scheiße!", knurrt er leise warnend hinzu. Shadow ist tatsächlich ihr letzter Patient des Tages gewesen. Nun überlegt sie, wie sie Scrabble loswerden könnte. Aber der muskulöse Riese verfolgt sie auf Schritt und Tritt bis sie zur Umkleide.

„Hier ist Schluss, Scrabble! Damenumkleide!" Sie zeigt auf das Schild und geht hinein. Die Tür fällt hinter ihr zu. Es bleibt Scrabble nichts anderes übrig, als zu warten. Verdammt!

Umkleide

Leo hat Zeit. Sie ist sich sicher, dass er so lange warten wird, bis sie fertig ist. Also kann sie sich ruhig eine Dusche gönnen und lässt sich Zeit bei der Körperpflege. Summend cremt sie sich ein.

Scrabble hingegen wird es langweilig. Wie lange dauert das denn noch? Er ist sich sicher, dass sie ihn absichtlich warten lässt. Schon lange ist keiner mehr hier vorbeigekommen. Leo müsste eigentlich alleine sein.

Er macht leise die Tür auf und lugt hinein. Ihm fallen fast die Augen aus dem Kopf. Leo steht vornübergebeugt vor ihrem Spint! Ein Bein ist auf der Bank abgestützt und ihr ausladender Arsch streckt sich ihm entgegen. Er kann gar nicht anders. Dieser Arsch zieht ihn magnetisch an.

Leo hört, dass jemand hereinkommt, aber sie sieht sich nicht um, weil sie glaubt, es wäre eine Kollegin. Starke Hände legen sich um ihren nackten Po und packen zu. Quietschend richtet sie sich auf.

„Scrabble! Was machst du hier!" Hektisch checkt sie die Umgebung ab. Es ist sonst niemand hier. „Geh sofort hier raus!" „Baby! Du bist so heiß! Dein geiler Arsch..." Genüsslich knetet er mit einer Hand ihre Backen. Mit der anderen Hand tastet er zu den Brüsten hoch.

Seine Hände sind rau und doch zärtlich... bestimmend. Er umfasst sie und drückt leicht zu. Er zwirbelt die Brustwarzen. Schauer der Lust jagen in die tieferen Regionen hinab. Ihr Höschen ist längst nass...

Sie hält still. Sie ist gefangen in ihrer Lust. Seine Hände sind fordernd, aber doch aufreizend! Was mache ich jetzt nur? Ihre Gedanken fahren Achterbahn. Lass es zu...

Leo windet sich unter den sinnlichen Attacken. Ihre Kapitulation nutzt Shadow für weitere lustvolle Übergriffe aus. Seine Zunge will sie kosten und leckt sie über den Hals, den sie für ihn noch weiter streckt. Ihre Augen sind geschlossen. Ihr Mund steht offen und verlangt still nach mehr. Ihre Zunge leckt über ihre trockenen Lippen.

Stöhnend reckt sie sich seinen streichelnden Händen entgegen. Seine Finger sind rau und kneten die zarte Haut ihrer Brüste. „Genau richtig. Deine Titten sind verfickt richtig groß und weich! Sie passen verdammt perfekt in meine Hände.

„Jaa…, bitte…!" Er zwirbelt ihre Warzen bis zur Schmerzgrenze. Sie will ihm ausweichen, aber er lässt sie nicht locker. Im Gegenteil, er dreht sie schmerzhaft im Kreis. „Au…! Das tut weh!" Sie zuckt zurück. Die Warzen werden in die Länge gezogen. Ihre Hände schlagen auf seine. „Scrabble!", keucht sie.

Verlangend drückt er seinen Körper gegen ihren und lässt sie fühlen, wie steif sein Penis ist. Immer wieder stößt er mit seinem Becken gegen ihres. Die Schmerzen wandeln sich von Folter in unausweichliche Lust. Ihre Muschi fließt über.

Völlig losgelöst ergibt sie sich. Seine Hände wandern südwärts und findet sich bestätigt. „Ich merke, du stehst auf eine grobe Behandlung, Leo! Lass uns zu mir nach Hause fahren!"

Er lässt sie plötzlich los und geht einen kleinen Schritt zurück. Hilflos taumelt sie gegen seine Brust. „Was soll das?" Sie ist verwirrt. Erst macht er sie heiß und dann lässt er sie fallen? Warum? Hektisch und fluchend zieht sie sich vollständig an. Immer wieder wirft sie ihm böse Blicke zu.

„Scheiße nochmal! Was denkst du dir dabei? Mach das nie wieder!" Aufgebracht sieht sie ihn von unten an, während sie sich die Socken und die Stiefel überzieht.

Scrabble lacht. Sie sieht süß aus, wenn sie sich ärgert. Die rote Hautfarbe im Gesicht, zeigt ihm, dass sie mächtig angetörnt gewesen ist. Nicht nur die rote Farbe im Gesicht. Nein, ihre Pussy ist klatschnass gewesen!

„Komm mit mir!", lockt er sie wieder und streichelt mit seiner Zeigefingerkuppe über ihre heiße Haut auf der Wange. Spontan und noch immer scheinbar verärgert wischt sie ihn aus dem Gesicht. Nun steht sie auf und geht hocherhobenen Hauptes aus der Umkleide und überlässt es ihm, ob er ihr folgt, oder nicht.

Natürlich hat er nicht vor, sie alleine mit dem Bus nach Hause fahren zu lassen. Er zieht sie zu seinem Motorrad und überlässt ihr somit keine Wahl. Der Helm ist schnell auf ihrem Kopf und bald sitzen sie auf.

„Zu mir, oder zu dir?", fragt er sie noch einmal. Sie überlegt. Sie ist neugierig, wie ein Mann wie er lebt. Also überwindet sie ihren anfänglichen Widerwillen und meint frech: „Zu dir! Dann muss ich dich nicht zum Essen einladen. Ich hoffe, dass du mich verköstigst!"

Er lacht und der Motor röhrt grollend auf. Sein Fahrstil ist schnell. Aber sie hat kein einziges Mal das Gefühl, dass er ein Draufgänger ist. Scrabble wohnt am anderen Ende der Stadt. Seine Wohnung befindet sich über einer Werkstatt und es wirkt auf den ersten Blick wie ein Einfamilienhaus, wo er sein Motorrad davor abstellt.

„Wir sind da, Baby!", sagt er überflüssigerweise. Sie hört ihn nur am Rande. Sie ist neugierig und steigt ab.

Scabbles Home

Das Haus gefällt ihr auf den ersten Blick. Es scheint alt zu sein, aber eine Renovierung ist, offensichtlich erkennbar, nicht lange her. Die Farbe auf den Mauern ist frisch und blättert nirgends ab. Die Fenster scheinen irgendwann ausgetauscht worden zu sein. Die Rahmen sind aus Kunststoff und nicht aus Holz. Sie steht auf einer sorgfältig gemähten Grünfläche vor dem Haus und sie beobachtet Scrabble, der ein Tor öffnet und langsam, mit leisem Motor in dieses hineinfährt. Sie folgt ihm neugierig.

Sie findet eine typische Auto Werkstatt vor. Shadow stellt seine Harley in einer Ecke, neben einer zweiten, offensichtlich demolierten, ab.

„Kannst du es reparieren?", fragt sie auf die andere Harley zeigend. „Ich warte auf Bobby."

Leo dreht sich im Kreise. „Bist du auch Auto Mechaniker? Machst du das beruflich?" Scrabble nickt. „Ja, ich bin selbstständig. Ich mache alles, was mit Motorrädern und Autos, vor allem Autos, zu tun hat."

„Geht das Geschäft?" Ihre Frage ist rhetorisch. Aber er nickt. „Ich kann mich nicht beklagen. Komm mit!" Er lotst sie über eine Treppe hoch und öffnet für sie eine Tür in den eigentlichen Wohnraum hinein.

Leo ist überrascht. Das Haus wirkt von außen normal alt, wie eben ein Haus normal alt wirken kann. Aber innen sieht es gemütlich und doch sehr modern aus. Die Küche ist futuristisch eingerichtet… Chrom… Edelstahl… und noch einmal Chrom. Leos Augen werden groß. Sie traut sich nirgends hinzugreifen. Nur keine Fingerabdrücke hinterlassen, ist ihr erster Gedanke.

„Hast du Durst?" „Nein…" Sie geht weiter. Der Teil, der das Wohnzimmer darstellt, ist das genaue Gegenteil. Zu ihrer großen Überraschung dominiert ein überdimensionales Bücherregal an einer Wand.

„Du liest?" Scrabble grunzt. Sie geht näher. Geschichte. Science-Fiction. Gegensätzlicher kann es gar nicht sein! Hier und da fischt sie ein Buch heraus und stellt es wieder zurück. Fachbücher, Motoren betreffend, findet sie auch.

Sie dreht sich im Kreise. Unter ihr erstreckt sich ein flauschiger Teppich auf einer großzügigen, freien Fläche. Er ist farblich auf die gemütliche, riesige Couch hinter ihr abgestimmt. Ein zusätzlicher Schaukelstuhl steht neben einem kleines Holztischchen in der Mitte. Sie fühlt sich sehr wohl hier. Sie geht weiter. Sie bemerkt einige Türen, die von diesem großen Wohnraum abgehen.

Sie dreht sich fragend um. „Darf ich?" „Sicher!" Scrabble ist direkt hinter ihr. Er ist neugierig, wie ihr seine Wohnung gefällt. Er hat sie schon sehr lange. Bis vor zwanzig Jahren hat er fast nur in Holland, in der Nähe seiner Familie gelebt. Dann ist er dem Ruf der Cobras gefolgt und ist hiergeblieben. Vorerst hat er bei seinem Kumpel Timo gewohnt.

In Spanien ist ihm Bobby regelrecht in den Schoß gefallen. Seine Mutter hat ihn verlassen und mit Absprache der örtlichen Polizei hat er ihn mit hierher genommen. Er wollte Bobby Stabilität geben und hat diese Wohnung von seinem ehemaligen Boss übernommen. Bobby ist noch ein kleiner Junge gewesen. Scrabble hat ihn später adoptiert, als er dann endlich dafür freigegeben wurde.

Er hat Bobby und sich ein eigenes Heim geschaffen und der Boss hat ihm die gut gehende Werkstatt überschrieben, als dieser in Rente gegangen ist. „Ich habe keine Kinder, die mein Geschäft zu schätzen wissen. Scrabble willst du die Werkstatt haben?"

Scrabble hat erfreut zugestimmt und hat Bobby, alias Shadow, später zum Miteigentümer der Werkstatt gemacht. Bobby ist wirklich gut darin, kaputte Motorräder aufzumotzen und nicht nur der befreundete MC schätzt seine Arbeiten.

Leo sieht nach vorne, nicht ohne Scrabble vorher stumm um Erlaubnis zu bitten. Er nickt und sie macht die Türe auf. Leo guckt in ein Badezimmer. „Wow! Ein Whirlpool! Klasse!" „Du kannst gerne ein Bad nehmen. Wir sind alleine." Sie sieht ihn etwas skeptisch an. Sie traut seinen Absichten noch nicht so recht.

Sie geht ohne einen Kommentar weiter. Ein Schlafzimmer. Ein riesiges Bett dominiert den Raum. Eine Wand ist komplett mit einem Schrank verstellt. Sie dreht wieder um. Scrabble ist noch näher an sie herangerückt.

„Baby…" Sie schüttelt verneinend den Kopf. Er seufzt. Das andere Zimmer ist seinem Schlafzimmer fast identisch… nur die Farben variieren. „Das ist Bobbys Zimmer."

„Wer ist Bobby?" Sie runzelt die Stirn. „Shadow!" „Bobby ist Shadow? Wie kommt's?" „Das erzähle ich dir ein anderes Mal."

„Scrabble!" Eine Frauenstimme ertönt aus dem Eingangsbereich. „Jessica.", als würde dieser Name alles erklären. Leo sieht Scrabble nach, der schon auf dem Weg in den vorderen Bereich ist. Sie folgt langsam nach.

Sie findet Scrabble in einer liebevollen Umarmung mit dieser Jessica vor. Jetzt küsst er sie sogar auf den Mund? Wer ist sie?

„Wo ist Bobby?" „Er ist im Krankenhaus!" „Hey… warum weiß ich das nicht? Was ist passiert?" „Er hatte einen Unfall. Aber er kommt in zwei Tagen, glaube ich, wieder nach Hause!" „Der arme Junge! Ich werde ihn morgen besuchen!" Scrabble nickt zustimmend. Sie gehen außer Sichtweite von Leo, was ihr gar nicht gefällt.

Jessica ist es wert, dass sie eine Umarmung und einen Kuss auf den Mund bekommt! …und sie kennt Bobby gut. Also wer ist sie?

Leo will sich bemerkbar machen und geht ihnen hinterher. Sie sind im Küchenbereich, mutmaßt sie. Sie folgt der tiefen wohltönenden Stimme Scrabbles. Als Leo in

Sichtweite steht, bemerkt sie diese Frau. „Hallo!“

Scrabble dreht sich um, lässt Jessica stehen und holt Leo zu sich heran. Er stellt sie vor. „Leo, das ist Jessica! Sie ist Bobbys ‚Mutter‘. Jessica, das ist Leo! Leo ist die Therapeutin von Bobby.“ Bei Mutter macht Scrabble Apostrophe. „… und was macht sie hier in deinem Haus?“

Jessica ist sehr direkt, was Leos Wangen heiß werden lässt. Irgendwie ärgert sie sich. Sie ist doch nicht irgendsoeine junge Tussi, als dass sie es sich gefallen lassen muss! Oder?

„Ich will Leo dazu überreden, dass sie als Therapeutin Bobby außerhalb des Krankenhauses betreut. Ich zeige ihr gerade unser Heim.“ „Ah… ja…“ Jessica skeptischer Blick spricht Bände.

„Wegen was bist du eigentlich gekommen?“, fragt nun Scrabble. Der eigentliche Grund ist ihm abhandengekommen, oder…? Er zieht die Augenbrauen in die Höhe. „Ich wollte euch beide nur besuchen. Aber ich bin gleich wieder weg.“ Jessica verlässt wieder das Haus.

„Wart ihr beisammen?“ „Kurz. Es hat nicht funktioniert.“ „Warum nicht?“ Scrabble geht auf ihre Fragen nicht länger ein und dirigiert sie zur Kellertür neben der Küche. „Da unten haben wir einen Partyraum und ein kleines Fitnessstudio. Komm, ich zeige es dir!" Scrabble legt den Lichtschalter um und Deckenlichter fluten die schmale Treppe in helles Licht. Er geht voraus und sie knapp hinterher.

„Links ist der Partyraum und rechts geht's in den Fitnessraum.", informiert er sie. Sie wendet sich vorerst nach links. Scrabble greift über sie drüber und schaltet das Licht ein.

Ihr gefällt, was sie sieht. Eine Bar mit mehreren Hockern, Stehtische und eine Discokugel über einer freien Tanzfläche… Sie kann sich vorstellen, wie es hier zugehen wird, sollte eine Party steigen. Hinter der Bar entdeckt sie eine moderne Musikanlage mit vielen CDs in einem Regal. Rockige Balladen, Hardrock, Kuschelrocks, Rock'n Roll… alles dabei. Sie grinst und sieht ihn bedeutungsvoll und stumm an.

Er hält ihr die Tür auf und dirigiert sie in den letzten Raum. Sprachlos sieht sie Geräte modernster Art. Dies muss ein Vermögen gekostet haben! Sie geht von einem Gerät zum nächsten. Neben einem Laufband und einem Crosstrainer, sind Unmengen von anderen Geräten, um Beine, Po und Arme zu trainieren.

„Was ist das?" „Das… ist für die Arme! Sieh mal!" Er setzt sich auf eine Bank und nimmt das geflochtene Seil mit beiden Armen und zieht einmal daran. Sie drückt seinen Armmuskel, der mächtig angespannt ist.

„Wow. Lass es mich einmal versuchen." Er lässt langsam los und tritt zur Seite. Er zeigt ihr, wie sie sich hinstellen muss und welche Körperpartien sie anspannen muss, um effizient und gefahrlos dieses spezielle Gerät benutzen zu können. Aber sie schafft es nicht. Die Gewichte sind zu hoch eingestellt.

Er bückt sich und nimmt lachend einiges an Kilos weg. „Versuche es jetzt!" Sie macht einige Übungen und lässt dann los. „Da spürt man ja den ganzen Oberkörper!" Scrabbles Blick ist längst dorthin gelangt. Etwas verlegen lenkt sie auf ein anderes Gerät. Geduldig erklärt er ihr alles, bis er meint, dass sie sicher Hunger haben müsste. Wie auf Kommando knurrt ihr Magen…

Alte Flamme Jessica

Leo ist konsequent geblieben, auch wenn es hart gewesen ist. Sie ist nicht mit ihm in die Kiste gehüpft und darauf ist sie sehr stolz. Nach dem Essen hat sie sich von Scrabble nach Hause fahren lassen.

Sehr zum Unmut Scrabbles hat sie sich auf kein weiteres Zugeständnis eingelassen, ob sie Bobby privat therapieren will, oder nicht. Scrabble ist unzufrieden und frustriert, auch weil sie sich standhaft geweigert hat, mit ihm herumzumachen.

Die restlichen Tage verweigert sich Scrabble standhaft, Bobby im Krankenhaus zu besuchen. Leo ist verstimmt. Sie hat sich an Scrabble gewöhnt. Bobby alleine reicht ihr nicht. Er ist ein netter junger Mann, der zwar viel flucht, aber bestrebt ist, ihre Übungen gewissenhaft auszuführen. Seine Krücken verwendet er nur mehr, damit sein Bein, nicht zu stark durch seinen schweren Körper belastet wird.

Aber nach Hause wird er sie ganz sicher nicht mehr mitnehmen. „Du hast eine gute Konstitution, Shadow. Du wirst täglich auf dem Laufband gehen. Ich sage absichtlich gehen. Du erhöhst jeden Tag kontinuierlich dein Tempo und irgendwann wirst du wieder laufen. Hast du gehört? Langsam…!", betont sie. Er nickt.

Dann umarmt er sie stürmisch. „Danke! Danke! Ich werde ewig an dich denken, Leo! Verfickte Scheiße, jetzt fange ich gleich an, zu flennen!", flucht er und zieht sich verlegen zurück. „Keine Ursache! Es ist mein Job, dich wieder auf die Beine zu bringen!", beruhigt sie ihn und klopft ihm heftig auf die Schulter.

Er gebärdet sich wie ein kleiner Junge, denkt sie sich belustigt. Dabei hat sie nur ihren Job gemacht und das mit Erfolg. Sie ist sehr zufrieden mit sich.

Er lacht. „Du hast einen kräftigen Schlag, Leo!" Dann lacht sie auch. „Komm, wir sind hier fertig. Ich begleite dich in dein Zimmer."

„Jessica!" Bobby geht mit einem strahlenden Lächeln auf sie zu. Sein Gang ist beinahe normal. Das Humpeln kann man beinahe nicht mehr sehen. Leo ist stolz auf ihn und natürlich auf sich. Ihr Einsatz hat wieder einen Patienten glücklich gemacht.

Sie horcht auf. „Leo, komm her! Das ist Jessica! Sie ist meine Mum und beste Freundin von Dad!" Er zieht Leo fest an sich und erklärt dieser anderen Frau, wie gut seine Therapeutin sich um ihn gekümmert hat.

Seine Erzählung ist mit Flüchen nur so gespickt, dass Leo die Ohren klingen. Aber was soll's? Er wird bald weg sein und sie werden sich wahrscheinlich nie wieder sehen. Dann geistert plötzlich Scrabble in ihren Gedanken herum.

„Wir kennen uns schon. Hallo Leo!" Leo versucht sich aus der festen Umklammerung ihres Patienten zu lösen. „Lass mich los, Shadow!" Jessica kichert. „Wenn Scrabble und Shadow ihre Arme in Einsatz bringen, haben sie kein Maß und Ziel! Ha… ha… ha…!"

Endlich hat Leo es geschafft und steht wieder alleine da. „War schön dich zu sehen. Aber ich muss zu meinem nächsten Patienten. Tschüss!" Leo ist froh, weg zu kommen. Diese Jessica zieht ihr den letzten Nerv! Shit!

„Was hat es mit Jessica auf sich?" Scrabble hat Leo vom Krankenhaus abgeholt. Automatisch nimmt sie den Helm entgegen und platziert sich hinter ihm. Er fährt los und nimmt Fahrt auf, bis sie vor ihrem Wohnhaus ankommen.

„Wenn ich mit zu dir darf, dann erzähle ich dir von Jessica.", erpresst Shadow sie mit einem halben Grinsen. Leo lacht. Sie fühlt sich längst sicher bei Scrabble und winkt ihn mit sich. Doch bevor sie sich unterhalten können, holt Leo noch zwei Pizzen aus dem Gefrierfach und legt sie in das Rohr. Sie dreht sich um.

„Und…?" Mit hochgezogenen Augenbrauen ermuntert sie ihn, jetzt mit der Erzählung anzufangen. „Wir waren vor zwanzig Jahren ein Paar. Wir haben uns gefunden und sind auf einen Roadtrip quer durch Europa gefahren. In Spanien ist uns Bobby über den Weg gelaufen und wir haben mit ihm am Strand gespielt. Als wir uns im Sand niedergelassen haben und eingeschlafen sind, ist seine Mutter einfach so weggelaufen und hat Bobby bei uns gelassen. Kannst du dir das vorstellen? Seine Mutter hat ihn im Stich gelassen! Fuck! Er war erst drei Jahre alt!" Scrabble wischt sich, scheinbar noch immer fassungslos, über das Gesicht. Leo starrt ihn mit geschockten Augen an.

„Was? Das darf doch nicht wahr sein! Was ist dann passiert?" „Wir sind zur Polizei gegangen und haben die Erlaubnis bekommen, dass wir ihn vorerst mitnehmen dürfen! Wir mussten allerlei Formulare ausfüllen! Das war vielleicht eine Scheißarbeit!" Er nimmt tief Luft. Seine

Augen werden wieder heller, als er die fast unglaubwürdige Geschichte weitererzählt.

„Wir haben den Kleinen mitgenommen. Er schien nicht traurig zu sein. Wahrscheinlich war es für ihn ein Abenteuer. Anfangs habe ich nicht bemerkt, dass Jessica nicht so glücklich darüber war."

Er macht eine Pause. Augenblicklich sind seine Augen wieder traurig geworden. „Jessica hat sich von mir distanziert und wir haben eine on off Beziehung geführt, bis sie einen anderen Mann gefunden hat, den sie geheiratet hat. Sie hat zwei eigene Kinder, die auch schon erwachsen sind."

„Aber sie besucht euch noch immer?!" Leo kann es nicht glauben. Was denkt sich diese Frau eigentlich? „Ja, sie mag Bobby ja auch. Aber zur damaligen Zeit, ist sie noch zu jung für eine Beziehung mit Kind gewesen. Außerdem ist sie unter dem Einfluss ihrer verdammten Mutter gestanden. Sie mochte mich nicht. Aber an Bobby hat sie einen Narren gefressen!"

„Warum duldest du sie noch hier?" „Wen?" „Jessica!" „Ich weiß nicht…" Scrabble sieht sie an. Dann dämmert es ihm. „Bist du eifersüchtig?" „Ich!? Neee…!" Scrabble fängt an zu grienen und geht auf sie zu. „Scrabble! Geh weg! Die Pizzen riechen!"

Fluchtartig verlässt sie das kleine Wohnzimmer und erreicht so einen kleinen Abstand zwischen sich und den näherkommenden, grinsenden Scrabble. Verlegen und krebsrot im Gesicht sieht sie ihm entgegen. Das Pizza Rad, wie eine Waffe zwischen sich erhoben, hält sie ihn einigermaßen auf Abstand.

„Hast du es dir überlegt?" „Was?" „Als persönliche Therapeutin für Bobby bei uns?" „Na ja… Ich könnte einmal pro Woche bei euch vorbeischauen.", meint sie. „Nein! Du schläfst bei uns und überwachst ihn rund um die Uhr! Du bekommst ein eigenes Schlafzimmer." „Ich habe einen Job!" „Kein Problem. Ich fahr dich jeden Tag hin und her!" „Ich bin kein Babysitter! Bobby geht es schon sehr gut! Er kann allein trainieren und braucht nur auflockernde Massagen!", kontert sie.

Scrabble und Leo stehen sich mit geschlitzten Augen gegenüber. „Fuck! Du bist so was von schwierig!" „Du willst mich nur ins Bett bekommen!", wirft sie ihm vor. Scrabble lacht laut los. Die Frau ist nicht kleinzukriegen. Sein Bass dröhnt laut durch die Wohnung. Leo gefällt dieser Bass und fällt heiter mit ein.

Spontan nimmt er sie in die Arme, hebt sie hoch und dreht sich vergnügt mit ihr im Kreis. „Ich mag dich!" Leo legt sich in seiner Umarmung etwas zurück. Ihr Lachen wird noch vergnügter. Scrabble lässt sie etwas an sich herunterrutschen und stürzt mit seinen Lippen auf die ihren.

Shadows Kuss am Unfallort ist toll gewesen. Aber Scrabble… Wow! Es ist der Kuss eines erfahrenen Küssers! Sie schmilzt dahin. Ihre Zungen duellieren sich, als wollte jeder gewinnen. Wohlige Schauer und Lust auf mehr, durchdringen die Frau in seinen Armen.

Während Leo nicht daran denkt, bei ihm einzuziehen, will Scrabble, dass sie es doch tut. Offiziell bei Bobby. Der Kuss dauert an. Leos Gliedmaßen sind wie Pudding, genauso weich und nicht mehr tragbar.

Sie hängt in seinen starken Armen. Sie versucht, ihre Beine hochzukriegen. Aber dazu ist sie wirklich schon zu müde. Es war ein langer Tag. Acht Stunden auf den Beinen und nur kurze Pausen. Da darf man schon einmal schlapp machen. Oder nicht?

Dann wird der Kuss abrupt beendet. Sie grinsen sich glücklich an. „Das war schon mal nicht schlecht!" „Nicht schlecht? Das war fucking geil!", kontert Scrabble etwas beleidigt. Schelmisch lächelt sie und meint: „Wir sehen uns!" Sie dreht auf der Stelle um und geht in Richtung der Wohnungstüre.

„Warte! Wann ziehst du ein?!" „Gar nicht! Ich komme immer freitags nach der Arbeit. Da habe ich einen kurzen Tag. Du holst mich ab!", resümiert sie.

Scrabble ist angepisst. Der Kuss hat nichts bewirkt! Aber er gibt sich vorerst mit dem ersten Zugeständnis Leos zufrieden.

Freitag

Bobby darf nach Hause. Aber er muss sich schonen und seine Therapie weiterführen. Bobby sagt zu allem ‚ja', nur um diese kahlen Wände verlassen zu können. Dieses Krankenhaus zermürbt ihn. Sogar sein Dad nervt ihn. Jessica ist da gewesen und hat nach ihm geschaut. Seine Kumpels im Zimmer nerven ihn. Er ist reif für die Insel.

„Ich bin froh, wieder daheim zu sein. Dieses verdammte Krankenhaus macht mich fertig! Scheiße nochmal!" Scrabble lässt ihn auf der Couch im Wohnzimmer sitzen und geht zur Tür hinaus zu.

„Warte! Wo gehst du hin? Du kannst mich doch jetzt nicht alleine lassen! Verfickte Scheiße noch einmal! Ich langweile mich hier zu Tode!" „Ich muss in die Werkstatt. ...viel Arbeit!" Scrabble flüchtet vor der schlechten Laune seines Sohnes. Er kann sich mit Krücken behelfen, verdammt noch einmal! Er kann sich einen Film reinziehen! Er selbst ist kein Babysitter! Wieso ist Leo nicht hier? Dann besinnt er sich, dass sie erst in zwei Tagen kommen wird. Fuck!

Leo ist froh, dass dieser misslaunige, ewig fluchende Patient aus ihrer Liste gestrichen ist. Dieses ständige Fluchen nervt sie gewaltig. Sie muss es zu einer Bedingung machen. Kein Fluchen in ihrer Gegenwart. Das gilt sowohl für Bobby als auch für Scrabble!

Sie knetet resolut einen Rücken vor ihr. Der Patient stöhnt schmerzvoll. Sie merkt es nicht. Ihre Gedanken sind bei Scrabble. Am Freitag sieht sie ihn wieder…

Leo ist überrascht, Scrabble vor den Schiebetüren des Krankenhauses zu sehen. „Was machst du denn hier? Bobby ist schon längst zu Hause!", meint sie.

„Schon vergessen? Heute ist Freitag! Therapie bei mir zu Hause!", frohlockt Scrabble. Er freut sich riesig, sie wieder zu sehen. Die ganze Zeit, das waren gerade einmal drei Tage, hat er an sie gedacht. Er hat sich zurücknehmen müssen, nicht vorzeitig hier aufzukreuzen. Fuck!

Unschlüssig steht sie da. Automatisch nimmt sie den Helm entgegen und setzt ihn auf. Ohne weiter zu überlegen, sitzt sie auch schon hinter dem mächtigen Oberkörper des Mannes, der ihr jede Nacht den Schlaf raubt.

Sie krallt sich fest, als der Motor aufheult und das Bike anfährt.

Scrabble ist ein zügiger Biker, der die Regeln auf der Straße, im Großen und Ganzen, einhält. Leo ist beeindruckt. Sie hat etwas anderes erwartet. Bitte! Er ist ein Outlaw! Oder?

Nicht lange und sie fahren in seine Werkstatt hinein. „Baby, wir sind da!", meint er überflüssigerweise. Er legt seine Hand auf ihren Schenkel und drückt leicht zu. Wohlige Schauer rieseln durch ihre Nervenbahnen hindurch. Sie lässt sie auf sich einwirken.

Dann erst löst sie ihre Hände von seinen straffen Bauchmuskeln. Scrabble genießt ihre Nähe. Er merkt, dass es ihr genauso geht. Fast gleichzeitig seufzend lösen sie sich voneinander und gehen in die Wohnung hinauf.

„Was ist denn das für ein Krach!" Schüsse, Geschrei und Poltern dominieren das Wohnzimmer. „Bobby! Verdammt noch mal! Mach diese Scheiße aus!" „Hi Leo!", schreit Bobby durch den Lärm und drückt den Knopf.

Augenblicklich ist Funkstille. Zunächst sagt niemand ein Wort. Eine plötzliche Stille kann auch ein Schock sein. „Hallo Bobby! Ich sehe, du amüsierst dich!" Bobby grinst.

„Komm, ich zeige dir deine Übungen! Wir wollen keine Zeit verlieren. Außerdem bin ich müde und möchte es hinter mich bringen." Leo tritt zu Bobby vor.

Ungewollte Informationen

„Du bist zum Essen eingeladen! Du brauchst eine kurze Pause vom Stress!" Scrabble macht ihr einen Strich in die Rechnung. Leo wollte alles so schnell wie möglich hinter sich bringen und dann nach Hause. Im Geiste sieht sie sich schon entspannt in der wohlig warmen Badewanne.

Seufzend setzt sie sich zu Bobby und sieht ihn an. Seine Haare sind gewaschen und lockig. Er hat eine Haarpracht, um die ihn jede Frau beneiden würde! „Du hast schöne Haare! Meine Tochter hat auch lange Locken. Sie sind jedoch blond!", plaudert sie ungewollt heraus.

„Du hast eine Tochter?" „Mhm! …Lara…" „Wo ist sie?" Scrabble ist hinzugekommen und hat die letzten Worte gehört. „Sie wohnt in der Hauptstadt. Übrigens, zu Weihnachten kommt sie zu Besuch. Da kann ich mich nicht bei euch aufhalten!", beschließt sie spontan.

„Du kannst sie ja mitnehmen, oder?" Bobby zuckt die Achseln. „Ich weiß nicht. Eher nicht!" Sie will Lara nicht in ihre Angelegenheiten hineinziehen. Sie will sie nicht in Kreise, in denen sich Scrabble und

Bobby befinden, hineinziehen. „Wie alt ist sie?" Dazu gibt sie keine Antwort.

Leo will ablenken und klatscht in die Hände. „Wie lange dauert das Essen noch? Haben Bobby und ich Zeit, die Therapie zu machen?" „Nein... Essen ist fertig!", ruft Scrabble vom anderen Ende des großzügig gestalteten Wohnraumes. Leo steht auf. Sie hat genug von der Fragerei und setzt sich an den Tisch.

Ihre Nase bläht sich. Es riecht gut. Italienisch... Nudeln... Knoblauch... Ihr Mund wässert sich. „Du kannst kochen?" Scrabble nickt etwas zurückhaltend. Aber Leo durchschaut ihn. Es ist ihm anscheinend peinlich. Aber Leo ist begeistert. Ein Mann, der kocht? Immer mal was Neues!

Neugierig stürzt sie sich auf die Nudeln. Mmh! „Fantastisch!" Sie stopft sich noch mehr nach. Sie hat riesigen Hunger! Seit dem Frühstück hat sie nichts mehr zu sich genommen. Scrabble setzt sich ihr gegenüber und sieht sie perplex an. Die Frau kann essen!

Er sieht zu Bobby und er steht ihr in nichts nach... Nur dass seine Gabelportionen um einiges voluminöser sind als ihre. Aber die Geschwindigkeit...

Scrabble nimmt die Gabel zur Hand und dreht seine Nudeln auf. Er vergisst alles rundherum und sieht erst auf, als er fertig ist. Er hat es also noch vor ihr geschafft! Grinsend wischt er sich mit dem Handrücken den Mund ab. Bobby ist schon bei seinem zweiten Teller. Scrabble steht auf und holt sich ebenso Nachschub.

„Willst du auch noch etwas?", fragt er Leo vorsichtshalber. „Nein danke. Ich bin voll!" Leo ist gerade fertig geworden und lehnt sich ächzend mit vollem Bauch zurück. Scrabble zuckt die Schulter und nimmt sich den Rest aus dem Topf.

Schade drum, wenn etwas übrigbleibt. Aufgewärmtes Essen ist nicht so seines. Nun werden Leos Augen groß. Der Nudelberg wird im Nu verschlungen. Übrig bleiben nur, vom Sugo verschmierte Teller.

Leo hat keine Lust, jetzt etwas zu tun. Sie ist träge und will sich nicht mehr bewegen! Aber sie muss. Es ist ihre Aufgabe.

„Sehen wir uns einen Film an?" Scrabbles Vorschlag ist nicht schlecht. Scrabble selbst will Leo noch ein wenig in seiner Nähe haben, bevor sie wieder verschwindet. „Was willst du sehen? Action… Horror… Abenteuer…?"

War ja klar, dass er keine Schnulzen hat, die Leo mag. „Action... keinen Horror bitte!" Leo setzt sich erst einmal auf die Couch in die eine Ecke. Bobby schmeißt sich direkt neben ihr. Scrabble hantiert mit seiner Fernbedienung. Dann sieht er auf die Couch. Seine Augenbrauen ziehen sich zusammen. Bobby neben Leo... Scheiße noch einmal!

„Verpiss dich! Ich sitze hier!" Er stößt mit seinem Fuß an Bobbys Knöchel, worauf dieser ohne Worte zur Seite rutscht.

Kein Fluchen!

„Ich muss erst einmal etwas klarstellen…“, erinnert sich Leo. „In meiner Gegenwart wird nicht geflucht! Wenn das nicht aufhört, dann komme ich nicht mehr zu euch! Himmel Herrgott noch einmal! Alles klar!“

Scrabble und Bobby sehen sie verdattert an. Leo hat fast schon geschrien. Sie fühlt sich überfordert mit den beiden und dem Gefluche! Dass dann die beiden Männer über sie zu lachen scheinen, bringt sie noch mehr auf die Palme.

„Warum lacht ihr über mich ihr verfluchten Teufel?“ Scrabbles und Bobbys Bässe werden immer lauter. Sie kriegen sich nicht so leicht wieder ein, bis Scrabble sie krächzend aufklärt. „Du fluchst ja auch! Fuck ist das zum Schreien!“ Leo schaut ihn immer finsterer an. Was sagt er da?! Sie und fluchen?

„Du Trottel… Ich fluche nicht! Ich… ach verdammt!“ Dann hält sie sich verwundert die Hand vor. „Oh mein Gott! Ich fluche tatsächlich!“ Sie sieht die beiden noch finsterer an. „Ihr seid schuld! Es ist nicht meine Art, verdammt nochmal!"

„Baby, du bist fucking göttlich!" Scrabble hebt sie in die Höhe, als wiege sie nicht so viel und setzt sich mit ihr auf dem Schoß auf die Couch zurück. Sie piepst auf wie ein junges Mädchen, das sie auf keinen Fall mehr ist.

„Was... soll das?" „Wir machen es uns gemütlich! Gib mir einen Kuss!" Er wartet nicht darauf, sondern beugt sich nach vorne und holt sie mit der Hand in ihrem Nacken näher zu sich. Seine Lippen öffnen ihre und seine Zunge stößt vor. Sie kann und will sich nicht wehren. Es gefällt ihr.

Eifrig erwidert sie den Zungenkuss und vergisst ganz, dass ja Bobby neben ihnen lungert und den Flatscreen vor ihnen anstarrt. Es kümmert ihn scheinbar nicht, als wäre es ganz normal, wenn sein Dad eine Frau neben ihm küsst, als wären sie dabei, gleich Sex zu haben.

Leo löst sich, mit einem bedeutungsvollen Nicken gegen Bobby. „Ach dem macht es nichts aus!", meint Scrabble. Er lässt los. Aber sie bleibt auf seinem Schoß sitzen. Dabei bleibt er hart. Sie lehnt sich müde an seine breiten Schultern zurück, schließt die Augen und schläft bald ein.

Als sie munter wird, ist es finster. Sie reibt sich die Augen. Sie liegt auf Scrabble, der sich mit ihr auf der Couch langgestreckt hat. Der Fernseher ist aus und sie sind alleine. Sie bleibt liegen und lässt die Stille auf sich wirken.

Der leicht schnarchende Atem Scrabbles ist zu hören. Sein Brustkorb hebt und senkt sich stetig. Sie lauscht dem beruhigenden Herzschlag unter ihrem Ohr. Sie schließt abermals die Augen und driftet wieder ab.

Irgendwann bewegt sich der Mann unter Leo. Sie schreckt auf. „Vorsicht, sonst fällst du auf den Boden, Baby!" Ein Arm schlingt sich um ihre Taille. Er setzt sich mit ihr auf und sie verweilen eine kleine Weile.

„Mein Gott, es ist stockfinster! Ich muss nach Hause! Wo ist Bobby? Seine Therapie muss ich für heute absagen!" Sie fühlt sich schuldig. Aber was kann sie dafür? Sie ist müde gewesen und eingeschlafen. Niemand hat sie geweckt! „Beruhige dich! Bobby ist im Fitnessraum. Er trainiert alle Tage!" Scrabble hält sie noch immer um die Taille fest

„Es regnet in Strömen! Du kannst heute nicht nach Hause! Morgen…" Er gähnt herzhaft. „Morgen bringe ich dich in deine Wohnung." Sie sieht ihn sinnend an. „Oh nein! Ich schlafe nicht bei dir! So weit sind wir noch lange nicht!" Mit zusammengepressten Augenbrauen blickt sie ihn finster an. „Keine Sorge! Wir haben hier noch ein Gästezimmer! Da kannst du dich einrichten!"

Er macht eine kleine bedeutungsvolle Pause. „Außer du überlegst es dir und kommst in mein Bett?", schelmisch lächelnd sieht er sie an. Seine grünen Augen faszinieren sie. Sie kann gar nicht wegsehen. Aber sie muss stark bleiben. „Zeig mir das Zimmer! Scheiße!", murmelt sie. Sie will zu ihm, aber…

Scrabbles Handy läutet. „Ja? Heute?! Fuck!!! Ich komme!" Sichtlich angepisst würgt Scrabble das Telefonat ab. „Ich muss in das Chapter!" „Soll ich mitkommen?" „Nein, Bobby! Du passt auf Leo auf! Zeig ihr das Gästezimmer!" Die Tür fällt krachend ins Schloss.

Wahl des Schlafzimmers

„Was war das denn?" Leo sieht zu Bobby. „Keine Ahnung. Club Angelegenheiten." Achselzuckend lässt er sie im Ungewissen. Viel kann es nicht sein, sonst wäre er auch auf dem Weg. Bobby, alias Shadow ist froh, nicht mehr außer Haus gehen zu müssen. Es regnet mittlerweile in Strömen!

„Komm ich zeig dir dein Zimmer!" Bobby geht voraus, ohne sich zu vergewissern, dass seine Therapeutin hinter ihm nachläuft. Er öffnet eine Tür, in die sie noch nicht durchgegangen ist. „Hier kannst du übernachten... Oder willst du im Bett von Dad schlafen? Er kommt sicher nicht mehr heute hierher.", grinsend deutet er zur anderen Tür.

Leo sieht sich um. Das Bett ist nicht gemacht und wegen einer Nacht...? „Scrabble kommt heute nicht mehr?" „Aller Wahrscheinlichkeit nicht.", versichert Bobby ihr und gähnt herzhaft.

„Willst du noch eine Nackenmassage?", bietet sie ihm an, als er sich über den Nacken reibt und seinen Kopf in alle Richtungen zu dehnen beginnt.

Er sieht sie verschmitzt an. „Wenn du schon fragst… Ich bin tatsächlich ein wenig verspannt." Leo nickt zustimmend und lässt ihn sich auf die Couch legen. Sie kniet hinter seinen Kopf und legt die Hände an seinen Nacken. Die schwarzen Locken streift sie weg von ihrem Tätigkeitsfeld, sodass sie fast bis zum Boden reichen.

Er hat schöne Locken, um die ihn jede Frau mit Sicherheit beneiden wird. Glänzend braun und großlockig fallen sie in Kaskaden über den Rand der Polsterung. Sie wühlt sich einmal durch… und so weich!

„Was machst du da?" „Ich bewundere gerade deine Haarpracht. Schneide sie nur nie ab. Deine Locken sind wunderschön!" Bobby lacht. Das wird er sicher nie tun. Er hat Angst vor dem Friseur. Nur dass dies niemand weiß… nicht einmal sein Vater.

Er ruckelt sich gemütlich zurecht und überlässt sich ihren magischen Händen. Er schnurrt und fängt schließlich an zu stöhnen. Sie kennt dies mittlerweile. Im Krankenhaus ist es megapeinlich gewesen. Jetzt stört es sie nicht. Niemand hört ihn und wenn es ihn anmacht, so ist es seine Sache. Sie ist und bleibt professionell.

Dann seufzt er wieder herzzerreißend. „Tut es gut?" „Jaaa… fucking geil!" „Bobby kein Fluchen! Ich komme nicht mehr!", droht sie ihm. „Okay!" Sie massiert ihn weiter. Langsam und doch mit leichtem Druck. Sorgfältig knetet sie die Verspannungen aus seinem Hals-Wirbel-Bereich und bemerkt, dass er immer stiller wird…

Bis er schließlich leise zu schnarchen anfängt. Lächelnd beendet sie die Therapie und breitet eine Decke über seinen entspannten Körper.

Sie überlegt nicht lange und geht in das Zimmer Scrabbles. Sie will das Gästezimmer nicht benutzen… nur für eine Nacht? Never. Sie geht unter die Dusche und trocknet sich ab. Nur mit ihrer Unterwäsche legt sie sich auf das Megasize Bett von dem Mann, der sie so fasziniert, dass sie sich wünscht, dass er doch hier wäre.

Wohlig kuschelt sie sich in die Polster, zieht die Decke bis zu ihrer Nase hoch und schläft schließlich ein, nicht ohne vorher an dem Polster zu schnuppern und von dem Kerl zu träumen, der ihr den letzten Nerv zu rauben scheint.

Scrabbles Anwesenheit im Chapter ist von höchster Wichtigkeit gewesen. Eine geheime Besprechung der wichtigsten Members, einschließlich seinem professionellen Rat, ist anberaumt gewesen. Schwere Zeiten kommen auf die Cobras zu. Scrabbles Sinne sind in Alarmbereitschaft.

Aber zunächst will er nur mehr nach Hause. Irgendwie ist er nicht so bei der Sache. Vielleicht wird er schon zu alt für die Club Angelegenheiten? Soll er seine Funktion als Berater abgeben? Er fühlt keine Power mehr. Er will eigentlich nur mehr seine Ruhe! Scheiße, was denkt er sich eigentlich? Der Club braucht ihn! … oder vielleicht soll er doch mit dem Präsidenten des Clubs reden?

Er parkt in seiner Werkstatt ein und schließt das Tor. Sinnend geht er hinauf in den ersten Stock in seine und Bobbys Wohnung. Es scheint alles still zu sein. Dann fällt ihm Leo ein. Wo ist sie? Er will die Tür zum Gästezimmer aufmachen. „Sie ist in deinem Zimmer!" Bobby schleicht wie ein Geist durch das Wohnzimmer.

„Häh…?" Instinktiv und drohend hebt Scrabble seine geballte Faust in Shadows Richtung. „Mach das nie wieder!" …und schwenkt zur nächsten Tür. Tatsächlich! Sie liegt mitten auf seinem Bett!

Erfreut lächelnd, betritt er sein Zimmer und entkleidet sich schnell. Sein Blick weicht keine Sekunde von der Frau, die es sich, wie selbstverständlich, in seinem Bett gemütlich gemacht hat.

Er duscht und schlüpft schließlich nackt, wie Gott ihn geschaffen hat, hinter Leo unter die Decke. Sofort zieht er ihren fülligen, weichen Körper an seine Vorderseite und legt seinen Arm um ihre Hüfte. Seine Hand umfasst eine Brust und sein Kinn legt sich sachte auf ihren Kopf. Dann schließt er zufrieden die Augen.

Bald er schläft ein. Kein Mensch könnte ihn jetzt von ihr lösen. Leo indessen, hat sich im Schlaf an ihn gekuschelt und drückt ihre weiche Brust in die warme Hand hinein. Zufrieden seufzend, überlässt sie sich weiterhin ihren aufregenden Träumen.

Leidenschaft

Sie wird munter. Feuchte Küsse drücken sich in ihren Nacken. Ihre Brust wird mit einer rauen, großen Hand geknetet. Jessica schnurrt wie eine Katze. Ihre Sinne erwachen. Ihre Arschritze fühlt einen harten Muskel hinter sich und reibt sich wollüstig an diesen.

„Baby! Du schaffst mich!" Die raue, dunkle Stimme raspelt an ihren Nervenbahnen. „Aah…!" Scrabble reibt seinen erigierten Penis dringender an ihrer Pospalte. Mehr als willig kommt sie ihm entgegen. „Jaa…!" Ihre Augen sind noch geschlossen. Noch mit ihrem erotischen Träumen verbunden, will sie alles. Sie grabscht nach hinten. Ein großer, mächtiger Körper presst sich an ihren rundlichen, gepolsterten.

Sie öffnet schließlich ein Auge. Es ist taghell? Es ist taghell! Mein Gott! Wo ist sie eigentlich? Dann fällt ihr ein, dass sie sich in Scrabbles Bett schlafen gelegt hat. Sie ist sich sicher gewesen, dass er über Nacht weg sein wird? Oder nicht?!

Inzwischen liegt sie unter seinen Muskelmassen. „Scrabble!" „Leo!", kontert er genussvoll grinsend. Sie hat ja nichts gegen ein bisschen Sex. Aber soo schnell wollte sie nicht nachgeben. Aber was soll's? Jetzt kann sie sich nicht mehr herausreden. Oder?

Sein Gesicht nähert sich ihrem und wendet sich ab zu ihrem Hals. Zuerst zarte Küsse und eine wandernde Zunge verwöhnen sie. Seufzend streckt sie ihren Hals seinen Zärtlichkeiten entgegen, die zunehmend wilder werden.

Ihre Hände gehen auf Wanderschaft. Nichts als harte Muskeln unter weicher, glatter Haut begegnet ihren Fingerkuppen. Sie setzt vorsichtig ihre Nägel ein und kratzt leicht über die zuckende Köperpartien.

„Aua…!" Scrabble hat zugebissen! Sie wehrt sich und drückt ihn weg. Vergebens. Keine Chance! Der Körper ist zu schwer, als dass sie ihn bewegen könnte. „Scrabble! Lass das!" Sie klatscht fest gegen seinen nackten Hintern. Damit er weiß, dass sie es auch ernst meint, kratzt sie ihn noch fest über die Haut und sie meint Nässe unter ihren Fingerkuppen zu spüren…

„Leo, das tut weh!" „Siehst du?", entgegnet sie ihm. Er sieht ihr tief in die Augen. Diese Frau schafft ihn! Sie ist sexy und keineswegs schüchtern! Er bewegt aufreizend seinen Schwanz an ihrer Mitte. „Nun mach schon! Schieb ihn rein!" Er grinst und folgt ihrem forschen Befehl in einem Ruck.

„Aaa… jaa…!" Leos Schrei törnt ihn zu mehr an. Er rutscht wieder ganz heraus und rammt sich wieder bis zum Anschlag in sie hinein.

Leo krallt sich an seiner Schulter fest. Auch wenn sie kein Leichtgewicht ist, seine Kraft fördert sie stetig weiter nach oben, nur um sie wieder zu sich zurückzuziehen. Leo ist zufrieden mit Scrabble. Selten hat ein Mann so eine ausdauernde Kraft bewiesen, wie er.

Entweder die Männer machen zwischendurch Pause, oder sie brechen ständig ab. Aber nicht Scrabble. Er ist eine Maschine!

Plötzlich richtet er sich auf und hebt ihre Beine auf seine Schultern und stemmt sich wieder weit in sie hinein. Sie hat das Gefühl, als würde er am anderen Ende wieder herauskommen! „Das ist soo guut! Mehr!", spornt Leo ihn an. „Baby, du bist geil!"

Als Antwort darauf drückt sie ihre inneren Muskeln um seinen Schwanz zusammen. Scrabbles Augen leuchten auf. So ein Weib hat er noch nicht gehabt.

Längst steuert er auf seinen Orgasmus hin. Durch seine Wirbelsäule ziehen sich Blitzschläge hindurch. „Baby, du schaffst mich!" Wieder spürt er seinen Muskel eingeklemmt in ihrer feuchten Vagina. Er sucht den Kitzler. Er will, dass sie mit ihm zum Orgasmus kommt. Er stellt es sich phänomenal vor. Rubbelnd und um den Nervenpunkt rotierend, fängt sie unter seiner Hand an zu zucken.

„Ich komme!" Leo schnauft. Ihre Sinne sind nur auf den Mann über ihr fokussiert. Ihre nassfeuchten Wände fangen an zu zittern und sie spürt die erste Woge auf sich zukommen. Schreiend ergibt sie sich dem Tsunami ähnlichen Wirbelsturm, der sie überrollt und drückt immer wieder krampfhaft die Muskeln in ihrem Inneren zusammen.

„Arrrgh…!" Scrabble brüllt, als müsste er den Mond anheulen. Sein Hals ist nach oben gestreckt und sein Gesicht in Ekstase verzerrt. Die Frau klemmt ihn ab, als gäbe es kein Morgen. Sein Sperma spritzt ungehindert in sie hinein und sie pumpt sein letztes Quäntchen aus ihm heraus.

Er ist geschafft.

„Das war…" Scrabble fällt auf ihr zusammen. „Uff..!" …und drückt ihr fast die letzte Luft zum Atmen aus ihren Lungen heraus. Mühsam stemmt sie ihn zu Seite. Matt, als hätte er sich vollends vorausgabt, fällt er zur Seite. „Du bist klasse, Mädchen!", seufzt er herzerweichend. Sie kichert. Ja… sie ist auch hin und weg. Aber…

„Ich muss jetzt weg. Wie spät ist es eigentlich?" Sie sieht über ihn drüber und krallt sich sein Handy. Erschrocken springt sie auf. „Ich muss zur Arbeit!" Sie eilt ins Bad und schmeißt mit einem Knall die Tür hinter sich zu. Scrabble hat ihr verdattert nachgesehen. Ihre fliehende Gestalt hat ihn mit offenem Mund daliegen lassen. Ihre hüpfenden Brüste hat er genüsslich wahrgenommen.

Ächzend steht er auf. Er wird schön langsam alt, denkt er sich. „Ich fahr dich. Also hast du noch etwas Zeit. Ich mach Frühstück!" …und geht nackt aus dem Zimmer.

Bobby sieht ihm mit erhobener Kaffeetasse entgegen. Für ihn ist es nichts Besonderes, seinen Dad nackt zu sehen. Es ist ein Normalzustand in diesen vier Wänden. Dennoch hat der Jüngere, aus Rücksicht zu Leo, wenigstens an seine Boxer Shorts gedacht!

„Danke!" Scrabble schlürft den Kaffee. „Wo ist Leo?" Bobbys zweideutiger Blick lässt nicht offen, dass er im Unklaren ist. Er hat die eindeutigen Geräusche und Schreie wahrgenommen. Aber dies ist auch nicht so besonders. Sein Dad hat immer wieder die eine, oder andere Frau hier.

„Guten Morgen, Bobby!" Leo kommt fertig angezogen aus dem Zimmer heraus. Kurz stockt sie, als sie ihren nackten Liebhaber entdeckt. Auch wenn sie ihn nackt schon gesehen hat, ist es doch noch einmal etwas anderes, ihn nackt in Anwesenheit eines anderen, fast nackten Mannes zu sehen.

Es ist eindeutig zu obszön für ihren Geschmack!

„Oh…!" Sie nimmt dankbar eine Tasse Kaffee von Bobby entgegen und setzt sich an den Rand des Tisches. Bedeutungsvoll sieht sie den älteren Mann von oben bis unten an. „Ich gehe mich jetzt anziehen. Dann fahre ich dich ins Krankenhaus.!" Sie nickt und dreht sich um.

Jemand scheint das Schloss zu öffnen. Jessica. „Oh… komme ich ungelegen?" Mit hocherhobenen Augenbrauen sieht sie dem nackten Scrabble nach. „Jessica, was machst du hier?" „Ich wollte nur nach Bobby

sehen… Wie geht es dir mein Junge?"
„Danke, gut!"

„…und was machen Sie hier… Leo?" „Ich bin die Therapeutin von Bobby!", versucht sich Leo aus der Situation zu retten. „Genau!", schreit Scrabble von der hinteren Seite der Wohnung. „So früh…?" Jessicas Unglauben ist berechtigt. Leos Gesicht läuft heiß an. Sie wendet sich ab und stellt vorgeblich die Tasse auf den Tresen ab.

„Noch einmal Jessica. Was machst du hier?" Scrabble kommt vollständig in Leder bekleidet wieder dazu. „Ich wollte nach euch sehen? Aber anscheinend mache ich mir umsonst Sorgen?", meint sie lauernd. Scrabble zuckt die Achseln und wendet sich an Leo. „Wir gehen!"

„Willst du auch Kaffee, Jessica?" Bobby bietet ihr eine Tasse an. „Nein danke! Ich muss los…" Sie scheint etwas angepisst zu sein. Bobby lächelt ihr nach. Sein Dad hat eine andere Gespielin gefunden. Jessica ist out.

Leo genießt die Motorradfahrten mittlerweile. Besonders heute. Sie braucht einen klaren Kopf, wenn sie mit ihren Patienten arbeiten muss. „Warum kommt

Jessica immer zu euch? Warum hat sie einen Schlüssel?"

Es ist Leo nicht ganz klar, was diese Frau mit den beiden hat. Sie weiß ein Bisschen aus der Vergangenheit. Aber rechtfertigt dies den unkontrollierten Zugang zu den beiden Männern?

„Jessica fühlt sich für uns Männer verantwortlich, schätze ich." Er zuckt gleichgültig die Schultern. Scrabble und Leo stehen auf dem Parkplatz vor dem Krankenhaus.

„Es ist unangenehm für mich, wenn deine alte Flamme daherkommt, wenn ich gerade Sex mit dir habe, oder gehabt habe… meinst du nicht?", sagt sie schnippisch. Scrabble sieht sie stumm an. Da ist was dran.

„Herrgott nochmal! Ich rede mit dir!" Leo hat recht. Scrabble muss mit Jessica ein für alle Mal ein ernstes Wort reden. Es hat ihm gefallen, wenn sie gekommen ist. Dann ist es zur Gewohnheit geworden. Aber mit Leo? Fuck! Fuck! Fuck!

Ohne weitere Worte zu verlieren, setzt er wieder seinen Helm auf und dreht ab. Leo sieht ihm verdattert nach. Kein Wort, ist auch ein Wort, denkt sie sich und eilt auf ihre Dienststelle.

Mitarbeiter gesucht

Jessica ist weg. Scrabble findet Bobby lümmelnd auf der Couch vor. „Hast du heute nichts zu tun?" Wütend und frustriert stößt er Bobbys Beine vom Tisch. „Ja… ja… Ich gehe schon! Shit!", murrt der Jüngere.

Scrabble ist angepisst von der Situation und lässt es an seinem Sohn aus. „Du fängst heute wieder in der Werkstatt an! Los!" Grollend, aber ohne Widerworte macht sich der Jüngere auf den Weg. Ihm ist sowieso schon langweilig. Scrabble folgt ihm. Die Arbeit macht sich nicht von allein.

Stumm arbeiten sie nebeneinander. Bobby widmet sich seinem kaputten Motorrad, das schon längst überfällig ist und Scrabble arbeitet an einem Mustang eines Kunden. Seine Werkstatt läuft gut.

Längst überlegt er, ob er nicht einen Mechaniker einstellen wird müssen. Es würde ihm etwas Luft verschaffen und er könnte sich seinem Papierkram widmen. Oder sollte er sich nicht lieber eine Sekretärin zulegen? Büroarbeit ist öde. Scheiße!

Scheiße nochmal! Die viele Schreibarbeit zermürbt ihn!

Er arbeitet weiter. Seine Hände sehen aus, als hätten sie in einer Ölwanne gebadet. Gesicht und Glatze sind dreckgesprenkelt. Aber er liebt seine Arbeit und er findet keine Ruhe, bevor er nicht das Auto vollständig repariert hat, unter dem er gerade liegt.

„Dad, ich habe Hunger! Ich bestell mir was! Willst du auch was?" „Yeah! Pizza… extra scharf!" Bobby tippt blitzschnell die Bestellung in sein Handy ein. Dann geht er hinaus. Er braucht Luft. Sein Bein ist noch nicht so strapazierfähig. Er muss sein Training ernster nehmen! Er geht ein paar Meter die Straße hinauf und wieder hinunter.

„Wo warst du?" Scrabble hat bemerkt, dass Bobby draußen war. Er ärgert sich, dass sein Sohn nicht bei der Sache ist. „Ich muss mir die Beine vertreten. Scheiße! Es ist noch nicht so, wie es sein sollte!"

„Leo hat dich gewarnt. Du sollst ihre Übungen ernst nehmen. Es sieht so aus, als könntest du noch lange nicht auf sie verzichten.", brummt Scrabble unter dem Mustang hervor.

Dem plötzlichen Knall würdigt er mit keinem Wimperzucken. Bobby ist gegen den

Metallhaufen neben der Tür getreten. Der Junge ist frustriert. Es läuft absolut nicht so, wie es sein sollte. Vielleicht soll er ihm helfen, sein Motorrad so schnell wie möglich in Schuss zu bringen?

Aufseufzend rollt er auf seinem Brett unter dem Auto hervor und sieht sich dem Lieferdienst, ihrer bestellten Pizzen, gegenüber.

„Das macht zwanzig fuchzig!" Scrabble springt auf und geht in sein Büro. Er zahlt den Mann aus und schnappt sich die Kartons. „Essen ist da!"

Wo ist Bobby schon wieder! Immer muss man ihn suchen! Er setzt sich an den Bürotisch und schlägt seine Pizzaschachtel auf. Extra scharf, extra large… genauso wie er es liebt! Seine Nase inhaliert den scharfen chilligen Geruch. Genussvoll schlägt er seine Zähne in die Salamischeibe und beißt sich durch den dünnen Teig.

Bobby kommt herein. Er nimmt seine bestellte Lasagne und schaufelt sie in Windeseile in sich hinein. Sehnsüchtig guckt er zur Pizza. „Denk gar nicht daran! Sie gehört mir!" Scrabbles provozierendes Essen vor seinem Sohn macht Bobby ganz hibbelig.

Mit seinen großen Schokoaugen guckt er seinen Dad an.

In diesen Momenten erinnert Scrabble sich an den Tag, als sie Bobby gefunden haben. Da kann er nicht widerstehen! Fuck!

„Nimm dir schon eine Ecke!", brummt Scrabble. Er fühlt sich jedes Mal überrumpelt, wenn Bobby auf diese Tour kommt. Der Junge stürzt sich auf seine Pizza und hat sie auch schon verschlungen. Bevor Scrabble seine restlichen Pizzaecken in Sicherheit bringen kann, hat Bobby auch schon die zweite gekrallt. Jetzt reicht es aber! Verdammt noch einmal!

„Wir brauchen entweder einen Mechaniker oder eine Sekretärin." „Äh?" Scrabble wiederholt. Aber Bobby weiß noch immer nicht, wovon sein Dad spricht. Er ist gedanklich ganz woanders.

„Bobby!" „Ja?" „Hast du nicht zugehört?" „Du brauchst einen Mechaniker und eine Sekretärin?" „Nein… Entweder… oder!"

„Dann inserier das doch!" „Kannst du das machen?" Scrabble kennt sich mit dem WWW nicht so gut aus. Aber Bobby ist hier der Internetspezialist. „Klar. Sag mir den Text und ich mach's dir!"

Scrabble denkt nach. Er notiert es sich auf einen Zettel. Er streicht wieder durch und schreibt wieder neu. Seine vielen Versuche nerven Bobby. Er hat schon längst ein entsprechendes App aufgerufen, um dieses Inserat einzutippen. „Wirst du bald fertig?" „Ich weiß nicht so recht, wie ich es formulieren soll!"

Fuck! Scrabble hat es sich einfacher vorgestellt. Besonders bei einer Sekretärin hat er keine passenden Worte. „Lass hören!" „Suche Frau für Büro?" Bobby lacht.

„Willst du sie ficken?" Scrabble guckt ihn dämlich an. „Nein!" „Ich mache dir einen Vorschlag. Sekretärin für zwanzig Stunden in einer Mechaniker Werkstatt gesucht." „Okay. Passt. Mach es."

„Für den Mechaniker hast du was geschrieben?", fragt Bobby. „Mechaniker Vollzeit gesucht." „Klingt gut. Schreibe ich. Was willst du bezahlen?" „Äh? Bezahlen?" „Umsonst werden es die Sekretärin und der Mechaniker nicht machen!", ätzt Bobby.

„Das können wir dann besprechen, wenn sie da sind, oder?" „Klar! Dann schreibe ich ‚Bezahlung nach Vereinbarung'?" „Gut!" Bobby schickt die Inserate mit der Handynummer seines Dads und der

Firmenanschrift ab und sie gehen wieder an ihre Arbeit.

Scrabble sieht auf die Uhr. Seine Gedanken sind bei Leo. Sie muss noch bis sechzehn Uhr arbeiten. Soll er ihr schreiben? Er will sie heute Nacht in seinem Bett haben!

Aber dann fällt ihm ein, dass er heute Zoff mit ihr gehabt hat… wegen Jessica. Er muss das aus dem Weg schaffen. Wieso hat er es nicht längst getan? Fuck!

Er checkt die Funktionen des Autos vor sich ab. Wieder ein Auto fertig. Das bringt Kohle. Summend drückt er die Knöpfe und prüft die wichtigen Funktionen ab. Er ist zufrieden und macht sich Notizen auf seinem Klemmbrett. Er muss die Rechnung schreiben und den Klienten anrufen, damit dieser seinen Mustang abholt.

Seufzend gesteht er sich, dass er lieber eine Sekretärin hätte als einen Mechaniker. Es ist ihm zuwider, dass er jetzt eine Rechnung schreiben muss.

Er geht in sein Büro und setzt sich. Er nimmt ein Formular zu sich und fängt an, die wichtigsten Reparaturen aufzuschreiben. Die Kunden verlangen es zusätzlich zu der Rechnung. „Scheiße!" Jetzt kann er noch einmal anfangen, obwohl er fast fertig gewesen wäre! Ein großer schwarzer Fleck prangt mitten auf dem gelben Zettel. Da kann man nicht mehr viel lesen!

„Scheiße! Verdammt noch einmal!" Fluchend zückt er einen weiteren Zettel und schreibt alles vom Vorherigen ab. Dieses Mal achtet er darauf, dass seine ölig verschmierten Hände diesen vermaledeiten Zettel nicht berühren, und schafft es schließlich, diesen ohne nennenswerte Flecken abzuschreiben. Es fehlt noch die Rechnung. Bemüht, dass diese sauber bleibt, braucht er endlos lange dazu.

Bobby beobachtet kopfschüttelnd seinen Dad. „Warum schaffst du dir keinen Rechner an? Es würde deine Arbeit sehr erleichtern!", hämisch grinsend schüttelt er nachsichtig den Kopf. Sein alter Herr ist noch von der alten Schule! „Wenn du eine fähige Sekretärin willst, wirst du dir einen anschaffen müssen."

Endlich ist Scrabble fertig. Zufrieden lehnt er sich zurück. Einen Computer anschaffen? Vielleicht ist die Zeit ja gekommen? Sein alter Chef hatte schon einen. Dieser alte Kasten ist kaputt geworden und er hat sich seither keinen neuen angeschafft.

„Bobby übernimm das!", schiebt er seinem Sohn die Aufgabe zu. Bobby hat mehr

Ahnung als er. „Mach ich, Dad! Was darf er denn kosten?" „Das weiß ich auch nicht! Hundert Euro?"

Bobby sieht ihn entgeistert an. Dann lacht er aus vollem Halse. „Du hast wirklich keine Ahnung, nicht wahr? Da wirst du schon einige Hundert Flocken hinlegen müssen!" Bobby sieht ihn amüsiert an. Sein Alter ist entgeistert. Er kennt sich mit diesen Dingen Null aus. Fuck!

„Kauf was Brauchbares und gib nicht zu viel Geld aus!", grollt er. „Keine Sorge! Du kannst es ja abschreiben!"

Das wäre erledigt. Scrabble sieht auf seinen Arbeitsplan. Der Porsche ist dringend. Den kann er einschieben. Hier ist nur eine kleine Überprüfung notwendig. Kann nicht viel sein. Der Dacia ist auch noch fällig.

Die Dame ist ganz verzweifelt gewesen. Die beiden könnte er heute noch erledigen. Er steht auf und schlendert, mit einer Dose Bier, in die Halle hinaus.

Sein Handy klingelt. „Guten Tag. Ich habe ihr Inserat gelesen. Ich suche einen Bürojob. Was muss ich tun?" Scrabble ist überfordert. Er hat es sich noch nicht überlegt, was er sagen soll, sollte jemand anrufen.

„Äh… ja… Das weiß ich auch noch nicht so genau. Rechnungen schreiben… sowas in der Art." Die weibliche Stimme lacht hell auf. „Vielleicht kann ich einmal vorbeikommen…?" „Ja… ja… Ja, das wäre gut. Wann kommen Sie?"

„Wie wäre es mit morgen neun Uhr?" „Das ist gut. Ja, das passt mir! Kommen sie nur!" Die Verbindung ist unterbrochen. Er geht kopfschüttelnd weiter. Dann fällt ihm ein, dass er nicht nach ihrem Namen gefragt hat. Egal, sie kommt ja morgen.

Bobby ist weg. Er könnte Leo anrufen, oder nicht? Scrabble überlegt. Sie ist eine scharfe Braut. Er will sie und sie steht auch auf ihn. Da ist er sich sicher. Noch hadert er mit sich selbst.

Rrrriinnng… Sein Handy läutet schon wieder! „Hallo!", schmettert er. „Oh… hallo… Ich rufe wegen des Inserates an… Ich bin Mechanikerin." Die schüchterne Mädchenstimme sänftigt Scrabble ein wenig.

Gerade als er Leo antippen wollte, ruft dieses Mädchen an? „Ja?" „Äh… ja… wie gesagt Ich bin Mechanikerin. Ist die Stelle noch frei?" Tief Luft holend bejaht er. „Kommen Sie morgen um neun Uhr!" Dann legt er auf.

Er will jetzt Leo anrufen! Er drückt auf ihre Nummer und lässt es läuten. Er wird ungeduldig. Warum geht sie nicht dran? Scheiße nochmal! Er drückt auf den roten Button und schmeißt sein Handy auf den Tisch mit den Werkzeugen. Fuck!

Er muss sich beschäftigen, sonst dreht er durch. Wo ist Bobby? Warum lässt er ihn so lange alleine? Er hat doch keine Zeit, hier den Telefondienst zu machen?! Verdammt! Er nimmt sich den Porsche vor. Langsam, aber sicher kommt sein Blutzucker wieder auf normale Höhen.

„Ich bin wieder da!" Bobby schleppt offensichtlich, schwere Kartons in die Werkstatt. „Ich habe den Computer gekauft! Ein geiles Ding!" „Ja… ja… Ich habe zu tun!"

Rrriinnng! „Scheiße nochmal! Geh an das verdammte Telefon! Ich dreh heute noch durch!"

„Werkstatt von Scrabble und Bobby! Was kann ich für Sie tun?" Scrabble verdreht genervt die Augen. Sein Junge ist gut aufgelegt… so höflich er sich am Telefon gebärdet!

„Ja, die Stelle ist noch frei! Wann haben Sie Zeit zu kommen? Morgen? Ich frag einmal nach!" „Dad. Eine Sekretärin, die vielleicht auch als Mechanikerin arbeiten kann. Wann darf sie kommen?" „Morgen um neun!", bellt Scrabble.

Er denkt gar nicht daran, weitere Termine zu verschwenden. Er wird sich alle ansehen und sich für eine entscheiden. Basta.

„Hallo? Morgen früh um neun Uhr? Ist das für Sie angenehm?" Bobby horcht in das Handy hinein und sagt mit äußerst höflicher Stimme: „Vielen Dank, dass sie sich die Zeit nehmen! Wir sehen uns morgen! Tschüss!" Er beendet das Gespräch.

„Wir haben morgen eine Vorstellung, Dad! Eine Dame möchte vielleicht als Sekretärin arbeiten! Sie ist auch gelernte Mechanikerin. Stell dir das vor! Das ist super!", schwärmt er.

Scrabble kann nur den Kopf schütteln. Er nimmt sich vor, dass sein Sohn sich mit allen Bewerbern auseinandersetzen soll. Er hat offensichtlich Spaß daran.

Fantasien

Leo bemerkt Scrabbles Anruf auf ihrem Display. Was will er? Ist was mit Bobby? Sie glaubt es nicht, denn dann wäre er mit ihm ins Krankenhaus gefahren. Sie sieht auf die Uhr. Ein Patient noch, dann hat sie Pause.

„Werkstatt von Scrabble und Bobby! Was kann ich für Sie tun?" Leo lacht los. Mit so einem Spruch hat sie nicht gerechnet. „Bobby! Ich bin es… Leo!" „Hi Leo! Willst du die Ste…" Das Handy wird ihm entrissen.

„Blödmann!", schimpft Scrabble. Leo hört Bobby schallend lachen. „Hallo Leo!" „Was ist los bei euch?" „Bobby hat für uns ein Inserat für die Stelle einer Sekretärin und Mechaniker in das Handy gestellt. Die Leute rufen ständig an. Ich bin schon so genervt!"

Leo ist verdattert. Davon hat er noch nicht gesprochen. „… und wie läuft es?" „Morgen um neun Uhr kommen die Bewerber!" „Wie viele sind es denn?" „Keine Ahnung! Aber Bobby wird das übernehmen!"

„Wegen was hast du vorhin angerufen?", fragt nun Leo. „Baby, ich will dich! Kommst du heute zu mir?" Leo seufzt. Scrabble vereinnahmt sie zusehends. „Wir haben jeden Freitag ausgemacht! Dennoch war ich die ganze Nacht bei dir! Außerdem kommt heute Lara nach Hause! Tut mir leid!" „Fuck!", flucht er. Leo schüttelt den Kopf. Sein Gefluche geht ihr auf den Geist.

„Ich muss auflegen! Ich habe einen Anruf!" Scrabble schaltet um und bemerkt, dass er einen weiteren Bewerber in der Leitung hat. „Morgen um neun Uhr in der Werkstatt!", knapp fertigt er den Bewerber ab, bevor er ihn auch nur zu Wort kommen lässt. Fluchend und äußerst schlecht gelaunt widmet er sich wieder dem Porsche.

„Bobby! Booobby! Das Telefon, verflucht nochmal! Geh ran!" Es läutet ununterbrochen. Scrabbles Nerven liegen blank. Er hat keine Ruhe mehr, seit Bobby dieses Inserat geschaltet hat.

Bobby macht es Spaß und setzt sich gemütlich in den Ledersessel in Dads Büro.

Am nächsten Tag macht sich Bobby extra frisch. Er sprüht ein männliches Deo über seinen ganzen Körper und das nicht allzu knapp. Tief zieht er den Geruch in sich hinein. Hoffentlich ist es nicht zu viel?

Er hat eine wichtige Aufgabe zu erfüllen. Viele Bewerber haben sich angemeldet. Ein Großteil sind Frauen. Vielleicht sind ein paar hübsche darunter? Sein Dad hat ihm freie Hand gelassen. Um neun Uhr soll es losgehen. Er sieht auf die Uhr. Er hat noch etwas Zeit. Aber er will vorbereitet sein und setzt sich an den Schreibtisch. Gestern noch hat er den Computer eingerichtet. Er muss nur mehr benutzt werden.

Er fährt hoch. Sein Dad gibt ihm einen Freifahrtschein für den Computer, weil er sich ja nicht auskennt. Bobby ist der Spezialist. Ihm kann man nicht so schnell etwas vormachen.

Gerne wird er mit der Sekretärin zusammenarbeiten. Er stellt sich vor, dass er hinter ihr steht und ihren Duft inhaliert. Dann küsst er sie im Nacken und leckt sich ihren Hals hinauf zu ihren Ohrläppchen und beißt hinein…

„Guten Tag! Sind sie Bobby?" Unsanft wird er zurück in die Wirklichkeit geholt. Vor ihm steht eine Frau mittleren Alters. „Äh… ja… Ich bin Bobby! Was kann ich für Sie tun?" Scrabble, der die Bewerberin zum Büro begleitet hat, verdreht die Augen. Seit wann ist Bobby so höflich?

„Kann ich dich allein mit ihr lassen? Ich habe zu tun!", versucht Scrabble sich aus dem Staub zu machen. „Ja, Dad! Ich mach das schon!" Er steht auf und streckt die Hand aus. Sein Lächeln bleibt nicht unbemerkt.

„Ich interessiere mich für die Stelle der Sekretärin." Sie sieht ihn abwartend an. Bobby sammelt sich. Seine Fantasie kann er mit dieser Frau nicht haben! Er erzählt ihr Unmengen von Aufgaben, die von ihr erwartet wird. Die Miene der Frau wird sichtlich abweisender.

„Kennen Sie sich mit einem Computer aus?" „Nur das Übliche. Word, Excel…" „Das ist zu wenig!" Bobby will diese Frau loswerden. Als er das Gehalt nennt, steht die Bewerberin auf.

„Keine Chance! Das ist eindeutig zu viel Arbeit und zu wenig Verdienst! Auf Wiedersehen!" „Oh, das tut mir so leid! Auf Wiedersehen!" Bobby geleitet die Dame hinaus und sieht sich nun vielen anderen Bewerbern gegen über.

„Was wollen Sie alle von mir?" Bobby bekommt die Panik. Was soll er mit den allen anfangen? Wenn er mit allen reden muss, dann wird er heute nicht mehr fertig. Scheiße!

„Daaad!", panisch ruft er nach seinem Dad, der unter einem Auto liegt. „Bobby?" Bobby kniet sich zu seinem Dad hinunter und flüstert: „Ich brauche dich!" „Ach was! Trenn sie nach den Jobs und erzähle ihnen, was wir von ihnen erwarten. Dann werden vielleicht schon einige gehen. Bei den anderen lässt du dir etwas einfallen, wie du sie noch einmal zerstreuen kannst und dann geht es schon! Vertrau mir!"

Bobby steht auf und lächelt den Leuten vor ihm zu. „Meine Damen, meine Herren, willkommen in der Werkstatt!", beginnt er. Er lässt die Herrschaften nach dem gewünschten Job eines Mechanikers auf die eine Seite gehen und die anderen schickt er auf die andere Seite.

Die Lage wird überschaubar. Bobby ist mit sich zufrieden. Dann beginnt er mit den Sekretärinnen. Er schildert deren Aufgabengebiet und wünscht sich eine Mitarbeiterin mit sehr, sehr, sehr guten Kenntnissen im EDV-Bereich. Als er den EDV-Bereich hervorgestrichen hat, verabschieden sich schon die älteren Semester.

Bobby ist erfreut. Zwei junge Mädchen stehen vor ihm. „Vielen Dank, dass ihr geblieben seid. Habt ihr noch Zeit? Denn ich muss auch die Mechaniker instruieren!"

Eines der Mädchen hebt den Arm. „Entschuldigung! Ich bin auch Mechanikerin. Darf ich mich dort auch einreihen?" Bobby sieht sie perplex an. Ein junges Mädchen als Mechanikerin? Noch dazu eine sehr hübsche Mechanikerin!

Er nickt und sieht ihr benommen hinterher. Ihre Figur ist klasse! Schlank, runder Arsch, Titten… wow! Fuck! Die will er sich näher ansehen…

Er räuspert sich und legt auch hier vor den vorwiegend männlichen Bewerbern seine Wünsche klar. Immer wieder schweift sein Blick zu dem jungen Mädchen. „Wie hoch ist das Gehalt?"

Er nennt es und… ach Wunder… es trennen sich fast alle, von dem Wunsch, hier arbeiten zu wollen. Übrig bleiben nur ein junger Kerl und das junge Mädchen. Bobby ist erleichtert. Die Menge hat sich aufgelöst.

„Wie heißt du?" Als endlich alle, bis auf das junge, hübsche Mädchen gegangen sind, geht er grinsend auf sie zu. Er ist erleichtert, dass es so schnell gegangen ist. „Sidney!" „Deinen echten Namen bräuchte ich für die Versicherung, bitte!", meint er lachend.

Sie sehen sich intensiv in die Augen. Warme braune Augen gegen neugierig samtene grüne Augen. Seine Hand hebt sich wie von einem inneren Zwang getrieben, gegen ihre dunklen kurzen Locken und streift sie aus ihrer Augennähe. Ihre Mundwinkel heben sich lächelnd.

„Sidney Conrads!" „Äh… was?" „Mein voller Name ist Sidney Conrads!", wiederholt sie lachend. Dieser Mann ist von ihr bezaubert.

„Willst du mir meinen Aufgabenbereich zeigen?" Bobby reißt sich zusammen. Er ist Shadow und kein Weichei! Verflucht! Was macht er eigentlich da? Er steht hier herum und sabbert wie ein Teenager dieses Mädchen an! Fuck!

„Komm ins Büro!" „Scheiße! Wie sieht es hier aus?" Sidneys Worte könnten nicht niederschmetternder sein. „Ich hoffe, du wirst dich hier gut einarbeiten können! Ich habe heute sogar einen Rechner gekauft. Den können wir heute noch einweihen und dann sehen wir weiter."

Sidney nickt nur entgeistert. Diese Unordnung. Staub, überall wohin man blickt. Sie muss niesen. Herrgott noch einmal!

„Jetzt zeige ich dir die Werkstatt! Komm mit!" Er kann es nicht lassen und nimmt sie fest an der Hand. Sie hat weiche Hände! Wie würden die auf seiner Haut sich anfühlen? Bobby ist schon wieder in seinem Tagtraum versunken.

„Wer ist das, Bobby?" Scrabble steht vor ihnen und sieht Sidney freundlich lächelnd an.

„Das ist unsere neue Mitarbeiterin. Sie arbeitet im Büro und kann auch in der Werkstatt aushelfen, wenn sie Zeit dazu hat." Bobby starrt sie noch immer an. „Du bist auch Mechanikerin?" Scrabble ist ganz der Boss.

„Ja… ich habe Automechanikerin gelernt, aber dann bin ich in einem Büro gelandet. Ich hoffe, dass ich hier auch… Was ist denn das für eine fucking geile Maschine!" Sidneys Augen leuchten wie zwei Sterne auf. Bobby und Scrabble drehen sich um, um nach dem Objekt der Begierde zu sehen. Es ist Bobbys Harley, die noch nicht fertig ist.

„Das ist meine Harley. Ich hatte einen Unfall und noch keine Zeit, sie zu reparieren!" „Wow! Die ist aber geil! Darf ich dir dabei helfen?" „Wenn du magst?" „Hey… hey!

Was ist mit der Büroarbeit?", mischt sich Scrabble ein.

„Dad! Mein Motorrad ist wichtiger, glaube ich!" Bobby freut sich auf die Gelegenheit, mit Sidney zusammen arbeiten zu können.

„Macht was ihr wollt! Aber vergesst nicht das Büro. Heute müssen zwei Rechnungen mit Arbeitsberichten gestellt und abgeschickt werden!" kopfschüttelnd geht Scrabble zum Getränkeautomaten, den er sich einmal, aus einer Laune heraus, hier in die Werkstatt gestellt hat.

„Ja Boss!" Sidneys vorlaute Stimme, lässt Scrabble grunzen. Er wird sehen! Noch ist er nicht von ihren Kenntnissen und Fertigkeiten überzeugt und sieht zu den beiden, die bereits an der Harley herumbasteln.

Engel

Zwei Wochen später ist das Büro pipifein und die Harley schon längst fahrbereit. Sidney und Bobby sind fast jeden Tag auf einer Spritztour unterwegs. Er hat sie sogar einmal fahren lassen. „Soo geil!", war ihr Kommentar. Lachend hat er sie umarmt und sie geküsst. Ihre Körper haben sich aneinandergeschmiegt und so ist eines zum anderen gekommen. Sie haben wilden Sex hinter einem Busch gehabt. Huch!

Heute ist Bobby alleine unterwegs. Sidney hat über Kopfschmerzen geklagt und ist vorzeitig nach Hause gegangen. Bobby liebt es, einfach so in den Sonnenuntergang zu cruisen und sich, um nichts Sorgen machen zu müssen.

Sein Leben kann nicht besser laufen. Er hat Sidney und er hat seine Harley. Summend gibt er noch mehr Gas, obwohl er in einem dicht verbauten Stadtgebiet unterwegs ist. Sorglos legt er sich in die Kurve und dann passiert es…

Er sieht sie, aber er verlässt sich darauf, dass sie ihn an sich vorbeifahren lässt, was sie natürlich nicht tut. Hat sie ihn nicht gesehen, oder was??? Scheiße nochmal! Verdaaammte Scheiiiiße!!!

Sein Albtraum wiederholt sich. Er tritt vehement auf die Bremse, aber leider zu spät. Brüllend verreißt er seinen Lenker und kippt zur Seite. „Scheiiiße! Verdaaammte! Fuuuck!"

„Hiiilfe! Paaass doch auuuf!" Der helle erschrockene Schrei der jungen Frau am Straßenrand vermischt sich mit seinem lautstarken, Schmerz gepeinigten Brüllen.

Die Harley stürzt mit ihrem schweren Gewicht auf sein, noch nicht ganz verheilten Bein nieder und zieht ihn bretternd über den harten Asphalt. Er sieht nur mehr Sterne. Der Schmerz durchdringt ihn, als wäre er in eine Hochspannungsleitung geraten. Stechende, dumpfe Spitzen von Kieselsteinen durchdringen seinen gesamten Körper und überlassen ihn, wie gelähmt, seinem Schicksal.

Er kann und will nicht mehr reagieren. Willenlos, dumpf harrt er seinem Ende und überlässt sich dem nicht ausbleibenden Schicksal. Sein Bein ist eingeklemmt und brennt und pocht wie die Hölle. Sein Ellbogen ist verschrammt und brennt wie die

Hölle. Sein Helm hat sich von seinem Kopf gelöst und rollt neben ihm vorbei. Zum Glück scheint seine Rutschpartie auf dem Boden nun ein Ende gefunden zu haben.

Bobby legt erschöpft den Kopf nieder. Von Schweiß durchtränkte Strähnen seiner langen Haare kleben ihm im Gesicht. Er kann nicht mehr. Vollends am Ende kostet es ihn unendlich viel Kraft, jetzt noch seine Hand über die Stirn zu streifen, um nachzusehen, ob er noch ganz ist. Sein Verstand ist hinüber. Seine Gedanken sind beinahe ausgelöscht. Noch nicht ganz.

Ein Engel… ein wunderschöner Engel beugt sich über ihn. Die weichen weißen Locken streifen über die Haut seines Gesichts. „Engel…" Ist er jetzt tot? Haben sie ihn endgültig geholt? Fuck!

„Vorsicht! Nicht bewegen! Ich hole Hilfe!", hört er wie durch Watte hindurch. Als könnte er jetzt noch einen Finger rühren! Er ist tot, verdammt noch mal! Aber der Engel spricht noch einmal zu ihm. Die samtweichen Locken, die von einem rotgoldenen Heiligenschein umgeben sind, streifen seine Wange.

Er muss im Himmel sein. Dieses Engelsgesicht ist sooo schöön! „Sooo schöön!", murmelt er. Dann umfängt ihn gnädige Dunkelheit.

Lara ist entsetzt. Wie kann das nur passieren? Hat er sie nicht gesehen? Schreiend hat sie beobachtet, wie der Harley Fahrer über den Asphalt geschlittert ist. Sein Körper ist unter dem schweren Motorrad begraben! Schnell ist sie zu ihm hinübergelaufen und hat nach ihm gesehen. Er hat vor ihr die Augen geschlossen und jetzt ist er hinüber?

„Helft mir doch! Hiiilfe!" Sie zerrt kraftlos an dem schweren Gerät… Vergebens. Sie ist einfach zu schwach. Sie muss etwas unternehmen, sonst ist er ganz tot!

Viele Schaulustige stehen um sie herum. „Rufen Sie doch die Rettung, verdammt noch mal! Stehen Sie nicht herum! Tun Sie was!", schreit sie zitternd in die Menge. Ein kräftig aussehender junger Mann löst sich aus der Menge und hilft ihr den blutüberströmten Mann von der schweren Last zu befreien.

Immer wieder streicht sie über sein Gesicht. Sie fühlt seinen Puls, den sie schwach zu spüren glaubt. Er lebt doch noch?! Sie klopft ihm sachte auf die blutverschmierte Wange. Er reagiert nicht! Verstört guckt sie den Helfer an, der noch immer neben ihr harrt. Auch er scheint ratlos zu sein.

Kurz darauf hört sie erleichtert die Sirene. Es muss doch jemand angerufen haben. Sie beugt sich wieder über den schwerverletzten Mann. Er ist noch jung, bemerkt sie. Sie prüft nochmals den Puls an seinem Hals. Schwach glaubt sie… hofft sie…

„Gehen Sie bitte zur Seite!" Ein Mann in einem roten Anorak mit der Aufschrift Notarzt auf dem Rücken und ein junger Kerl, der als Sanitäter identifiziert werden kann, stehen hinter ihr. Sie rutscht erleichtert weg und lässt die beiden an den Verletzten ran.

„Haben Sie es gesehen? Was ist passiert?", fragt der Notarzt Lara. Sie scheint einer Ohnmacht nahe zu sein. Sie muss sich konzentrieren. „Haben Sie den Unfall miterlebt? Erzählen Sie mir davon!", fordert er sie erneut auf.

Lara fängt an, alles aus sich herauszupressen, was sie erlebt hat. Dabei kullern ihr die Tränen immer wieder aus den Augen. „Sind sie die Freundin dieses Mannes?"

„Nein, den habe ich noch nie zuvor gesehen! Ich bin diese Woche von Wien hierhergereist! Ich wollte meine Mutter im Krankenhaus besuchen!" „Ihre Mutter ist im Krankenhaus stationär?" „Nein, sie ist Therapeutin!"

Der Mann nickt und zieht eine Spritze auf und injiziert sie dem Verletzten auf dem Boden.

Inzwischen ist die Polizei mit Blaulicht angekommen. Kurz sichern sie den Tatort. Die Schaulustigen zurückgedrängt, um den Arzt und den Sanitäter nicht bei ihrer Arbeit zu behindern. „Bitte machen Sie Platz und treten Sie zurück!", fordert sie ein junger Polizeibeamter mehrmals auf.

Dann nehmen sie Lara zur Seite und beginnen mit der Befragung. Lara sitzt wie ein Häufchen Elend auf der Bank, die zufällig am Straßenrand steht. Wieder muss sie den Horror durchkauen. Dabei sehnt sie sich auf eine heiße Dusche und ein Bett zu Hause!

„Wir wollen Sie nicht zu lange aufhalten und bitten Sie morgen zu uns aufs Revier zu kommen. Wir müssen ein Protokoll anfertigen, das Sie unterschreiben müssen."

Sie nickt nur und eine Polizistin bleibt an ihrer Seite. Die Gefahr, dass Lara ohnmächtig wird, scheint naheliegend.

Der Notarzt und der Sanitäter bringen Shadow auf der Tragbahre zum Krankenwagen und schieben ihn entlang der Schienen hinein.

„Ich würde vorschlagen, dass wir die junge Dame auch mitnehmen. Sie scheint beinahe zu kollabieren. Sie braucht ärztlichen Beistand. Kommen Sie!" Der Mann vor ihr streckt ihr die Hand hin, die sie dankend annimmt. Sie fühlt sich wirklich schwach und lässt sich willenlos mitnehmen.

Der Polizist nickt zustimmend und weicht zur Seite. Er hat genug gehört, ihre Daten aufgenommen und wird zu einem späteren Zeitpunkt nochmals auf sie zurückkommen, wenn sie morgen nicht auf das Revier kommen kann.

Im Krankenwagen wendet sich ihr der Arzt zu. „Wie heißen Sie?" „Lara!" Ihre Antwort ist automatisch. Ihr Blick ist permanent auf Bobby gerichtet. „Wird er…?" „Er ist stabil! Zurzeit kann ich nicht viel für ihn tun. Aber im Krankenhaus gibt es mehr Möglichkeiten. Keine Sorge, er wird es überleben!", beruhigt er sie. Sie nickt und bleibt stumm.

„Wer ist ihre Mutter? Wir wollen sie informieren, damit sie sich um Sie kümmern kann." Lara antwortet auf diese Frage ebenso mechanisch und bald wird der Wagen langsamer und bleibt schließlich vor den, sich automatisch öffnenden Glastüren der Ambulanz des Krankenhauses, kurz stehen.

Lara wird von einer Krankenschwester in eine Aufnahme Koje geführt, wo sie das geschockte Mädchen nicht alleine lässt. Sie versucht ihr die wichtigsten Daten herauszulocken, die sie auf ein Formular einträgt. Schlotternd, umhüllt mit einer dicken Decke, sitzt Lara auf einem Plastikstuhl und harrt aus.

„Mein Baby! Was ist mit dir passiert?" Laras Mutter eilt äußerst besorgt an die Seite ihrer Tochter, setzt sich neben sie und zieht sie umsichtig an sich. Mit beunruhigender Stimme fragt sie die Krankenschwester nach der Ursache. Ihr Baby ist leichenblass!

„Hallo Leo! Deine Tochter ist in einen Motorradunfall verwickelt gewesen. Der Notarzt hat sie mitgenommen, weil es den Anschein hatte, dass sie auf der Stelle kollabiert." Leo nickt. Der Kopf ihrer erwachsenen Tochter ruht auf ihrem Busen. Leo schaukelt sanft mit ihr im Arm hin und her. Immer wieder streichelt sie über den, noch immer heftig zitternden Rücken und lauscht der leisen Stimme unter ihr.

„Ich wollte über die Straße gehen. Er ist plötzlich da gewesen, Mama. Er ist mit dem Motorrad weggerutscht und drunter gekommen. Es war schrecklich! Blut…

überall Blut…! Er blutete überall! Dann habe ich nachgesehen, ob er noch lebt. Da hat er gesagt… Er hat gesagt ‚Engel'…" Lara stockt in ihrer Erzählung.

Leo ist geschockt. Engel? Da klingelt etwas in ihrem Hinterkopf. Wenn sie nur wüsste, was es ist! Engel… Sie schüttelt den Kopf.

Sie muss sich um Lara kümmern. Sie liegt wie ein Häufchen Elend über ihr. „Wir beide gehen jetzt nach Hause und du nimmst ein heißes Bad. Deine Nerven liegen blank. Komm!"

Sie zieht ihre Tochter vorsichtig auf die Füße. Engel… Wo hat sie das nur gehört?! Leo weiß, dass es wichtig ist. Aber es fällt ihr partout nicht ein…

Nachdem Leo in der Ambulanz Bescheid gegeben hat, nimmt sie Lara mit sich nach Hause. Langsam fährt sie heim, um nur nicht allzu unsanft in etwaige Schlaglöcher zu rumpeln. Die Straßen sind allesamt Rumpelpisten und das kann sie mit der geschockten Lara nicht gebrauchen. Engel…

Engel… Engel! Schlagartig fällt ihr Bobby ein. Er hat sie doch Engel genannt! An der roten Ampel dreht sie sich zum Sozius zu. „Wie hat der Motorradfahrer ausgesehen?"

„Was? Wieso?" „Äh… ja. Groß, dunkle, nasse Haare…" Sie denkt nach. Es fällt ihr nichts mehr ein. „Das kann doch nicht Bobby gewesen sein?", sinniert Leo.

Entschlossen aktiviert sie die Freisprechanlage und wählt Scrabble an. „Baby! Ich vermisse dich!" „Scrabble, ist Bobby bei dir?", fällt sie ihm ins Wort. „Fuck! Was willst du von Bobby, wenn du mich haben kannst?"

„Sei nicht albern! Ist er bei dir, oder nicht!" „Nein!" „Wo ist er?" „Woher soll ich das wissen! Die Babysitter Tage sind vorbei! Fuck!"

Leo legt ohne weitere Worte auf. Die Ampel steht auf grün und das Auto hinter ihr hupt ohne Unterlass. Verärgert zeigt sie im Rückspiegel den Mittelfinger. Die Hupe läuft noch immer.

Hat Bobby schon wieder einen Unfall gebaut? Das darf doch nicht wahr sein! Sie muss im Krankenhaus anrufen. Das Handy klingelt. Sie nimmt über die Freisprechanlage an.

„Fuck Baby! Was ist mit Bobby?" „Ich weiß es nicht! Lara ist in einen Motorradunfall verwickelt gewesen. Wir fahren gerade nach

Hause. Ich muss mich um sie kümmern. Ihr geht es schlecht."

„Ich fahr ins Krankenhaus und frag mich mal durch. Der Junge und seine Harley sind nicht da. Fuck! Scheiße!" „Mach das und sag mir Bescheid." Sie drückt weg.

Nicht schon wieder!

Scrabble fährt schon wieder eine Route, die ihm allzu bekannt ist. Er ist auf dem Weg zum Krankenhaus. Wenn dieser vermaledeite Sohn schon wieder einen Unfall gebaut hat, dann kann er was erleben! Fuck!

Scrabble redet sich in Rage und wäre beinahe an dem Unfallort vorbeigerast, hätte ihn nicht ein Polizist aufgehalten.

„Sie wissen, warum ich Sie aufgehalten habe?" Der Polizist sieht ihn an, als wäre es besonders wichtig für Scrabble, es zu wissen. „Nein, verdammt noch mal! Ich muss zu meinem Jungen! Er ist…" Er stockt.

Sein Blick bleibt auf dem riesigen verbeulten Metallhaufen auf der Straße hängen. Ein kleiner Kran hebt ihn gerade auf eine Ladefläche eines Abschleppwagens.

„Scheiße! Was soll das?" Er nickt mit seinem Kinn verärgert auf die Szene. Der Polizist zieht scheinbar gelangweilt einen Stift hervor. „Ihr Name?"

„Das ist die Harley meines Sohnes! Wo wollt ihr sie hinbringen, Scheiße nochmal!" „Bitte mäßigen Sie sich! Fangen wir noch einmal

von vorne an. Sie sind…?" „Scrabble!"
„Scrabble und…?" Etwas ungläubig verdreht
der Gesetzeshüter seine Augen.

„Ihren Ausweis bitte!" Scrabble greift in
seine Jacke und zieht seinen Führerschein
hervor. Der Polizist nimmt ihn entgegen und
schreibt den bürgerlichen Namen Scrabbles
auf.

„Sie behaupten, ihrem Sohn gehört dieses
Motorrad hier?" „Ja, eindeutig!" „Zuvor
muss ich leider für ihr zu schnell fahren eine
Strafe einkassieren." Scrabble zahlt das
Strafmandat, ohne lange zu murren. Sein
Sohn ist wichtiger. Er muss ins Krankenhaus.
Jetzt.

Scrabble gibt Gas. Der Polizist kann ihn mal.
Geschwindigkeitsbegrenzungen! Was soll
das?! Fuck! Er parkt vor dem Eingang in der
Parkverbotszone. Es ist ihm scheißegal. Er
stürmt das Foyer und klemmt sich an das Pult
vor dem Portier.

„Mein Sohn hatte einen Motorradunfall. Er
muss erst eingeliefert worden sein. Wo finde
ich ihn?!" Harsch und mit bösem
Gesichtsausdruck, zaubert er dem Portier
eine verängstigte Miene in dessen Gesicht.
„Wie heißt er?"

Mehr automatisch als zuvorkommend, fragt der Mann hinter dem Computerbildschirm. Die Finger sind schon bereit, die Tastatur zu bedienen. Dieser furchterregende Mann vor ihm ist ihm nicht geheuer.

„Bobby!" Mit fragenden Augen wartet der Portier auf einen Nachnamen. „…und?" „Was und!" Scrabble wird ungeduldig. „Den Nachnamen bitte!"

„De Vries!" „Wir haben mit diesem Namen keinen Patienten! Vielleicht ist er noch in der Ambulanz und er ist noch nicht registriert? Ich versuche einmal nachzufragen!" Scrabble tigert nervös auf und ab. Er kann sich vorstellen, dass sein Sohn mehr als nur Mist gebaut hat.

Der Portier legt auf. „Herr De Vries?" Scrabble reagiert vorerst nicht. Er ist diesen Namen nicht gewöhnt. Schon zu lange ist er Scrabble gewesen. Dann sieht er endlich auf. Der Portier winkt ihm etwas eingeschüchtert.

Er räuspert sich und informiert den kahlköpfig, gruselig tätowierten Riesen. „Ein junger Mann ist vor einer Stunde eingeliefert worden. Er ist im Schockraum und wird noch untersucht. Gehen Sie der blauen Linie entlang und mit dem Aufzug ein Stockwerk tiefer. Ich habe Bescheid gegeben, dass sie kommen."

Scrabble murrt ein kleines, kaum vernehmbares Danke und macht sich forschen Schrittes auf den Weg. Die Stationsschwester nimmt ihn in Empfang. „Guten Tag, Herr De Vries?" „Ich heiße Scrabble!" „Okay… Herr Scrabble?" „Nur Scrabble!"

Die Schwester zuckt die Achseln. Es soll ihr recht sein. „Sie meinen, dass ihr Sohn einen Unfall hatte und hinter diesen Türen liegt? Wie heißt ihr Sohn?" „Bobby!" Seine Antworten sind einsilbig. Er will endlich wissen, was los ist! „Wie geht es ihm?"

Sie geht mit ihm zu einem Monitor. „Können Sie diesen Mann identifizieren?" Scrabble ist geschockt. Sein Sohn liegt mit einem Schlauch in seinem Mund und hinter Kabeln versteckt. Er scheint mehr tot, als lebendig zu sein.

„Bobby!", schreit er gepeinigt. Seine nassen Augen lassen keinen Zweifel an seiner Vaterschaft zu. Die Schwester nickt bestätigt.

„Leider muss ich die notwendigen Daten aufnehmen. Dann werde ich dem Arzt Bescheid geben, dass er zu ihnen kommt und ihnen umfangreiche Auskunft gibt. Ich brauche Namen, Geburtsdaten und Versicherung. Hat er bekannte Allergien? Das reicht vorerst."

Endlich kommt der Arzt zu ihm. „Wie geht es ihm? Er wird doch überleben? Mein Sohn… Fuck!" „Scrabble! Beruhigen Sie sich. Wir haben ihren Sohn stabilisiert. Er muss jedoch in den OP. Er hat in letzter Zeit eine Verletzung am selben Bein erlitten, die noch nicht verheilt ist?", fragend und wissend sieht ihn der weißhaarige Arzt an.

„Jaa… er hatte vor kurzem schon einen Unfall… Er war hier stationär." Der Mediziner nickt. „Das dachte ich mir." An die Schwester gewandt, bittet er sie: „Bitte informieren Sie sich von dem letzten stationären Aufenthalt. Ich muss in die Unterlagen der vorangegangenen Verletzung einsehen."

Scrabble schwirrt der Kopf. Sein Sohn liegt da drinnen und er wird nur vollgelabbert von Dingen, mit denen er nichts anfangen kann? Er muss sich setzen. Sein Organismus macht schlapp. Gestresst schließt er die Augen und atmet hörbar durch.

Plötzlich steht die Schwester vor ihm. „Kann ich ihnen helfen? Es ist schwer, seinen eigenen Sohn so zu sehen. Brauchen Sie ein

Beruhigungsmittel?" Er schüttelt angewidert den Kopf. Er ist doch keine Memme!

„Scrabble!" Er dreht den Kopf in die Richtung der Frau, die gerade hereingeeilt kommt. „Leo!" Sofort schließt er seine muskulösen Arme um sie. Endlich findet er den Trost, den er unwissentlich gesucht hat.

„Scrabble, es tut mir so leid! Wie geht es Bobby?" „Nicht gut! Er liegt dort drinnen verkabelt und mit einem Schlauch in seinem Rachen!" Sie drückt ihn wie eine Mutter fest an ihre Brust. Er lässt es sich gefallen. Es erdet ihn wieder und er bleibt, wo er gerade ist.

„Kommst du heute Abend zu mir?", fragt Scrabble. „Ich kann nicht! Ich habe gerade meine Tochter schlafen gelegt. Sie ist sehr traumatisiert! Ich kann nur kurz dableiben!"

Sie überlegt kurz. „Aber du kannst zu mir kommen und heute bei mir schlafen!", bietet sie ihm an. Er nickt erleichtert. Er könnte heute nicht in seine große leere Wohnung zurück.

Die Schwester kommt wieder herein. „Hey Leo! Was machst du hier?" „Judith! Scrabble ist ein Freund von mir und ich habe seinen Sohn vor ein paar Wochen noch therapiert."

Als würde dies alles erklären, nickt Judith und wendet sich an den großen zusammengesunkenen Haufen Mann. „Scrabble, ich würde ihnen empfehlen jetzt nach Hause zu fahren. Sie können heute Bobby nicht mehr sehen. Er wird gerade für die OP vorbereitet und vor morgen kommt er nicht aus dem Aufwachraum hinaus."

Scrabble reagiert nicht. Die beiden Damen wissen nicht, ob er stur bleiben will, oder es nicht wirklich gehört hat, was Sache ist. Leo stupst ihn an. „Scrabble du hast es gehört. Heute geht nichts mehr. Komm wir fahren. Morgen bist du in aller Frische wieder da." Endlich lässt er sich hochziehen.

Missmutiger Patient

„Warum willst du nicht mit Lara bei mir und Bobby einziehen? Da hättet ihr viel mehr Platz!" Scrabble und Leo stehen sich genervt voreinander. Leo seufzt schon zum hunderten Male. „Scrabble, in ein paar Tagen ist Weihnachten! Ich will einen Baum und Lara ist extra dafür gekommen! Wir haben jedes Jahr einen Weihnachtsbaum!"

Scrabble sieht sie verdattert an. Wie viele Jahre hat er schon Weihnachten ohne Baum vorbeiziehen lassen? Seit Bobby groß geworden ist und sich über den geschmückten Baum lustig gemacht hat? Früher hat er für seinen Sohn immer einen aufgestellt. Irgendwie hat es gepasst… aber heute?

Er erinnert sich an die Tage, als Bobby mit großen, glänzenden Rehaugen aus seinem Zimmer gelaufen ist und den Baum bewundert hat. Zuallererst hat er die Süßigkeiten geplündert und in sich gestopft. Dann sind die vielen kleinen Geschenkspakete aufgerissen worden und er hat sich bei allen mit einem dicken Schmatzer bedankt. Damals ist noch Jessica dabei gewesen. Das waren noch Zeiten…

„Dann kaufen wir eben einen und stellen ihn bei mir im Wohnzimmer auf!", gibt Scrabble kurzerhand nach. „Aber… wirklich? Du bist einverstanden?" Leo kann es nicht fassen. Dieser große hartgesottene Mann wollte Weihnachten unbeachtet an sich vorüberziehen lassen! Jetzt auf einmal ist er einverstanden?

Scrabble nickt gottergeben! Fuck! Bobby wird ihn auslachen! Aber dafür Leo bei sich zu Hause zu haben, ist es allemal wert!

Bobby liegt noch stationär. Er darf an Weihnachten nach Hause, unter der Bedingung, dass jemand für ihn da ist. Leo hat sich bereit erklärt, dass sie bei ihnen einzieht und sie Bobbys Genesung unterstützt.

Sie hat Scrabble dazu gebracht, dass Weihnachten gefeiert wird, wie es sich auch gehört! Innerlich grinst sie. Sie hat ihren Kopf durchgesetzt. Nun freut sie sich auf gemeinsame Feiertage.

„Mama, bist du dir sicher? Vielleicht ist das keine gute Idee, wenn Bobby und ich auf kleinem Raum zusammen sind. Vielleicht wird er sauer auf mich, weil ich schuld an seinem Unfall bin?" „Mädel! Du bist nicht schuld! Es wird dir gefallen!", versichert ihre Mutter.

Bald darauf sind Scrabble und Leo zu dem großen Christbaummarkt gefahren und haben einen großen, ausladend schönen Nadelbaum gekauft. Scrabble zahlt mürrisch mit seiner Kreditkarte und trägt ihn zu seinem Firmenwagen. Fröhlich summend steigt Leo ein.

Ihre gute Laune lässt seine auf den Nullpunkt zurasen.

„Mach nicht so ein Gesicht! Es wird schön werden, glaub mir!" Er grollt und gibt Gas. „Wir müssen heute Bobby abholen. Ich hoffe, dass es ihm auch gefällt.", meint sie. Sie nimmt sich vor, dass sie Scrabble bitten wird, für Bobby ein bequemes Lager im Wohnraum aufzustellen. In seinem jetzigen Zustand wird er nicht herumlaufen können. Er braucht noch viel Pflege. Er kann nicht laufen. Er ist bettlägerig.

„Das kommt überhaupt nicht infrage, Leo! Der Scheißer braucht keine Spezialbehandlung, basta!" „Aber Scrabble! Es ist Weihnachten!" Sie streichelt über seine Glatze und rubbelt zärtlich über seine Ohrläppchen. Scrabble schmilzt. Seine

Angebetete weiß, wie sie ihn weichkriegen kann. Brummend lässt er es sich gefallen und fordert einen Kuss ein.

Sie rutscht auf seinen Schoß und küsst ihn zärtlich mit vielen kleinen Küsschen, bis er von ihr Besitz nimmt. Er schlingt seine Arme schraubstockartig um sie und presst sie fast schon brutal an sich. Seine Zunge will sofort Einlass und saugt ihr Aroma tief in sich ein.

Lara findet ihre Mutter und Scrabble so vor sich. „Oh mein Gott!", schreit sie augenverdrehend. Sie verzieht gepeinigt das Gesicht und trägt fluchtartig ihre gepackte Tasche in ihr vorläufiges Zimmer.

Dass sie ihre Mutter in flagranti erwischt, ist ihr megapeinlich. …und dass ihre Mutter mit so einem Kerl sich abgeben kann, ist ihr ein Rätsel. Scrabble mag ein guter Kerl sein, aber wie er aussieht… einfach abstoßend… Gott sei Dank hat Lara einen Laptop und kann sich somit ihre Lieblingsserie ansehen.

So kommt es, dass Bobby ein Bett im großen Wohnzimmer aufgestellt bekommt. Kurz darauf wird er, auf Anfrage Leos, mit dem Ambulanzwagen nach Hause gebracht. Er ist bewegungsunfähig. Die OP ist kürzlich gemacht worden. Sein zerschmettertes, mit Schrauben fixiertes Bein darf auf keinen Fall belastet werden. Überhaupt darf er nur, aufgrund Leos Einfluss als Mitarbeiterin und mit ihrer Zusicherung, dass sie sich um Bobby kümmern wird, nach Hause.

Ächzend lässt er sich auf sein Bett in den Wohnraum legen. Stumm lässt er die Szene auf sich einwirken und bald schläft er ein. Scrabble ist froh, dass sein Sohn da ist. Die paar Tage zuvor war er sich nicht sicher, ob er ihn jemals lebend wieder sehen wird. Bobby hat schlecht ausgesehen. Scheiße nochmal!

Inzwischen hat er die kaputte Harley in seine Werkstatt verfrachten lassen. Sidney ist entsetzt gewesen und wollte sich sofort daran machen, die ersten Reparaturschritte zu veranlassen. Aber Scrabble hat sie zurückgehalten.

„Sidney ich brauche dich im Büro und dann hilfst du mir bei dem Mustang weiter. Der Polo braucht noch einen Ölwechsel. Ich sperre die Werkstatt über Weihnachten zu, weil Bobby nach Hause kommt und meine Hilfe brauchen wird."

„Boss! Ich kann mich über Weihnachten mit der Harley beschäftigen. Glaub mir, ich habe nichts Besseres zu tun. Wie geht es Bobby? Darf ich einmal raufkommen und ihn besuchen?" Scrabble nickt. „Die Harley ist nicht so wichtig. Bobby wird sie lange nicht fahren können!" „Scheiße, so schlimm?"

Sidney nimmt sich vor, in ihrer Freizeit zu tun, was sie tun kann.

Lara schmückt einen Tag vor Weihnachten den Baum. Bobby sieht ihr finster zu. Dieses Mädchen hat ihn zu Fall gebracht. Fuck! Jetzt tänzelt sie mit ihrem fucking geilen Arsch vor ihm herum, als wäre sie nicht schuld daran?

„Warum?" „Äh… was?" „Warum bist du mir hineingelaufen! Hast du keine Augen im Kopf?" Sein schroffer, kalter Tonfall, lässt sie zusammenzucken. Lara fühlt sich tatsächlich schuldig. „Ich habe dich nicht gesehen!", versucht sie sich kleinlaut zu verteidigen. „Hmpf!" Bobby ist angepisst, mehr als angepisst. Diese Schlampe wird es noch büßen!

Jetzt kann er nichts tun, als ihr zuzusehen, wie sie den bescheuerten Baum aufmotzt. Wirklich bescheuert. Was soll das? Seine Laune ist auf den Nullpunkt. Er hat Schmerzen und er ist trocken wie die Sahara.

„Hast du Durst?" Lara steht mit einem Glas Wasser vor ihm. Er nickt. Wie ein kleiner Junge muss er sich helfen lassen. Vorsichtig stützt sie seinen Kopf etwas in die Höhe und flößt ihm einige Schlucke ein. Erleichtert sinkt er wieder auf sein Polster. Sein Kopf pocht und gepeinigt schließt er die Augen.

„Alles okay? Hast du Lust auf einen Burger? Ich kann dir einen zubereiten.", versucht sie ihn aufzuheitern. „Nein danke!" Seine Lust auf Burger ist ihm vergangen. Sie wendet sich wieder dem Baum zu. Missmutig beobachtet er sie beim Schmücken.

Lara fühlt sich unsicher. Dieser Bobby starrt sie unentwegt an, wenn er nicht gerade die Augen geschlossen hat.

Ohne sich weiter um ihn zu kümmern, widmet sie sich ihrer Aufgabe. Der Baum sieht schon richtig schön aus. Sie freut sich auf den Weihnachtsabend mit ihrer Mama.

„Wie findest du es?" „Scheiße!" „Was gefällt dir nicht daran?" Lara lässt nicht locker. Dennoch fühlt sie sich gedemütigt. Gerade heute früh hat ihr Leo gesagt, dass sie sich nichts von Bobby gefallen lassen soll und dass sie froh sei, dass sich Lara um Bobby umsehen wolle. Viel braucht sie nicht zu tun. Außer er muss Urin lassen. Dann wird es peinlich.

„Ich muss mal!" Automatisch guckt sie in die Richtung der dafür vorgesehenen Urinflasche. Sie hat es schon einmal gemacht. Es ist megapeinlich gewesen. Sie muss diesen Behälter an den Penis halten und er kann seine Notdurft verrichten. Aber er darf sich auf keinen Fall aufrichten. Er muss liegenbleiben. Shit.

Sie nähert sich ihm und hebt die Decke an. Sie zieht seine Boxer Short etwas hinunter und legt das röhrenartige Plexiglas an seinen Penis und wartet. „Gefällt es dir, wenn ich so hilflos bin?", fährt er sie hämisch an. Sie antwortet nicht und wartet. Der Strahl kommt schwach heraus. Sein Bedürfnis ist vage gewesen. Als endlich das gelbe Wasser versickert, lässt sie von ihm ab.

Bobby kommt sich dämlich vor. Diese Lara lässt sich scheinbar nicht mehr provozieren. Sie agiert, als ginge sie das alles nichts an. Vielleicht soll er zukünftig den Mund halten? Aber es ist so peinlich… so demütigend! Verdammte Scheiße!

Müde und gereizt schließt er die Augen und driftet weg. Lara ist erleichtert. Vorsichtig und leise, nur um ihn nicht vorzeitig aufzuwecken, macht sie mit dem Baum weiter. Er ist fast fertig. Es fehlen nur mehr die Kerzen.

Scrabble kommt hoch. „Wie geht es Bobby?" „Wie immer!" Sie seufzt und geht Scrabble in die Küche nach. Sie hat Hunger. „Wann kommt deine Mutter nach Hause?" „Sie meint, dass sie früher Schluss machen kann. Mehr weiß ich auch nicht." Ihre Unterhaltung versiegt.

Scrabble kocht. Er ist ein leidenschaftlicher Koch. Seit er Bobby hat, hat er viele Gerichte ausprobiert und ist sich seither nicht zu schade, dass er sich die Mühe macht, ein ordentliches Essen auf den Tisch zu stellen. Er hat sich vorgenommen Leo an dem Weihnachtstag mit einem Weihnachtsbraten zu überraschen. Dafür braucht er Hilfe.

„Was würdest du sagen, wenn ich dich bitte, mir bei einem Weihnachtsmenu zu helfen?" Lara sieht ihn skeptisch an. „Ich will Leo überraschen!", meint er achselzuckend. „Du meinst es ernst mit Mama, nicht wahr?", fragt sie ihn. Er sieht sie lange an. Ja, definitiv!

„Dad!" Scrabble geht hinaus. „Ich habe Hunger!" „Ich koche gerade! Du musst warten!" Bobby schweigt. Sein Vater lässt sich auch nicht provozieren. Shit!

„Ich habe Durst!" Bobby ist gelangweilt, weil er allein hier herumliegt. Lara kommt mit einem Glas Wasser wieder zu ihm. „Wo ist Leo!" „Mama arbeitet noch!", erwidert sie harsch.

„Willst du jetzt Wasser, oder nicht?",
ungeduldig steht sie vor ihm. Er nickt.
Wieder hebt sie ihn vorsichtig etwas in die
Höhe und flößt ihm Wasser in den Mund.
„Danke!", ringt er sich durch. Sie hebt
überrascht die Augenbrauen. Er bedankt
sich? Es geschehen doch noch Wunder!

„Hi Bobby!" Sidney erscheint, betont
fröhlich in seinem Blickfeld. Erfreut lacht er
sie an. Sie sieht ihn das erste Mal, seit er aus
dem Krankenhaus entlassen worden ist. Er
sieht nicht gut aus! Sie ist etwas geschockt.
Sie stellt dennoch eine fröhliche Miene zur
Schau, um ihn aufzuheitern.

„Sidney, was geht ab?" Er freut sich riesig,
dass Sidney nach ihm schaut. Lara ist irritiert.
Wer ist diese Frau? Warum freut er sich so
sehr, sie zu sehen? Sie ist sauer.

„Ich muss mal!", schreit er ihr nach. „Lass es
doch Sidney tun! Ich habe jetzt keine Zeit!",
kontert sie angepisst und geht in die Küche.
Sie stellt sich neben Scrabble und zieht den
verführerischen Duft in die Nase. „Bobby ist
schwierig.", meint sie. Er nickt. „Lass dich
nicht unterkriegen!"

„Wer ist Sidney?" „Unsere Mitarbeiterin in
der Werkstatt. Sie macht das Büro und ist

auch Mechanikerin. Sie ist ein Glücksfall."

„Mhm…"

Sie lugt vorsichtig in den anderen Raum. Sie ist neugierig, ob Sidney ihm hilft, Wasser zu lassen. …und tatsächlich… Mit der Plexiglasurinflasche in der Hand steht sie vor ihm und hält es an seinen Penis.

Von ihrer Position aus, sieht sie nur die Decke, aber nicht mehr. Sidney lacht auf. Was ist da so lustig?! Auch Bobby ist erheitert. So ein blöder Kerl! Dann liegt die Decke wieder vollständig über seinem Körper und Sidney bringt den Behälter auf die Toilette.

„Hallo, ich bin da!" Leo schmeißt die Tasche in eine Ecke und schnuppert. „Hier riecht es aber gut! Ich habe Hunger und wie!" Sie freut sich, dass jemand kocht und sie sich nur mehr hinsetzen muss. Umso mehr ist sie überrascht, als Scrabble in der Küche vor dem Herd steht.

„Baby! Schön, dass du da bist! Das Essen ist gleich fertig!" Er nimmt sie sofort in den Arm, als sie auf ihn zukommt. Wie ein altes Ehepaar, denkt sich Lara. Sie zuckt die Achseln und geht weg, um sie alleine zu lassen.

Sidney ist immer noch da. Lara gesellt sich zu ihr. Sie setzt sich mit gekreuzten Beinen auf den Boden, neben das Bett von Bobby. „Hi, ich bin Lara. Du bist Sidney, habe ich gehört?" „Ja! Freut mich Lara. Bobby hat mich zum Essen eingeladen und da mich zu Hause niemand erwartet, habe ich zugesagt."

„Ich bin froh, dass du da bist. Du glaubst es nicht, wie oft Scrabble und Leo zusammenkleben. Es ist schon peinlich." Lara lacht. Das glaubt Sidney gerne. Sie sieht es jedes Mal, wenn die beiden zusammenkommen.

„Was machst du so, wenn du nicht da bist?" „Ich studiere Medizin." „Wow! Das ist megaschwer!" Lara zuckt die Achseln. „Was machst du so, wenn du nicht für Scrabble arbeitest?" „Ach, ich bin fast immer in der Werkstatt, bis Scrabble mich endgültig nach Hause schickt. Ich bin sowas wie ein Workaholic!" Sidney lacht.

„Ich möchte gerne Bobbys Harley wieder auf Vordermann bringen. Aber Scrabble meint, er sperrt die Werkstatt über Weihnachten zu." Die Achseln zuckend sieht sie nach Bobby. Aber er schläft.

Sidneys Augen funkeln auf. Sie stiert Lara an. „Wie wäre es, wenn du mir hilfst? Bobby wird Augen machen, wenn er sie fertig und aufpoliert vor sich sieht!" „Ich kann das nicht. Ich bin keine Mechanikerin. Ich habe keine Ahnung!" „Ich zeige dir, was du machen kannst. Ist kein Problem! Ich bin da!", versichert Sidney.

Lara überlegt. Wenn Bobby erfährt, dass sie an der Reparatur beteiligt gewesen ist, wird er vielleicht nicht mehr so garstig zu ihr sein, oder? Es ist schon nervtötend, wie er zu ihr ist. Er ist kaum auszuhalten.

„Okay, ich probiere es!" „Super!" Spontan lässt sich Sidney zu einer Umarmung hinreißen. „Was macht ihr hier?" Bobby ist wieder munter. „Ich umarme Lara, weil ich sie mag, du Trottel!" Sidney nimmt sich kein Blatt vor den Mund. „Hmpf!" Mehr sagt Bobby nicht dazu.

„Essen!" Lara und Sidney hüpfen auf. Sie haben mächtig Hunger. Bobby fühlt sich im Stich gelassen und ist sauer. „Was ist mit mir? Ich habe auch Hunger!", mault er. „Wenn wir fertig sind, kümmere ich mich um dich. Geduld!", meint Leo streng.

Es bleibt ihm nichts anderes übrig, als gereizt den anderen zuzusehen, wie sie sich am Tisch amüsieren. „Ich habe Durst!", nörgelt er. „Gleich mein Lieber!" trällert Leo gutgelaunt und lässt sich nicht abhalten, ihre Nudeln in Ruhe fertig zu Essen.

„Ich muss mal!" „Jetzt reicht es mein Sohn! Du hattest schon die Urinflasche von Sidney! Schon vergessen?" Der strenge Ton lässt Bobby beleidigt verstummen.

Lara und Sidney lachen sich an. Irgendwie sind die beiden jungen Frauen zu Verbündeten geworden. Lara entspannt sich. Diese Sidney gefällt ihr.

Scrabble guckt böse zu Bobby hinüber und zieht die Augenbrauen streng in die Höhe, als Bobby eine patzige Antwort geben will. Sofort verstummt er.

Harley Davidson

Scrabble willigt ein, dass Sidney jederzeit in die Werkstatt hinunterdarf. „Aber wenn du dich nicht auskennst, oder wenn du Schweres heben musst, sagst du es! Klar?" „Geht klar Boss! Aber du sagst Bobby nichts. Es soll eine Überraschung sein!" Scrabble verdreht die Augen. Bobby ist doch kein kleiner Junge mehr! Fuck!

Sidney und Lara verdrücken sich. „Wo geht ihr hin? Ihr könnt mich doch nicht mit den Alten allein lassen! Scheiße! „Schlaf ein bisschen Bobby! Lara und ich gehen etwas hinaus! Es ist so ein schöner lauer Abend!" …und schon sind sie weg.

Sidney führt Lara in die Werkstatt hinunter und macht das Licht an. Lara bekommt große Augen. Sie ist noch nie in einer Werkstatt gewesen. Es riecht nach Öl, Benzin, abgestandener Luft und Auto. Etwas angeekelt schnupft sie die Nase.

Iiihh! Sich immer mittig haltend, versucht sie, ja nirgends anzuecken. Sie befürchtet, sich schmutzig zu machen. Es mag zwar aufgeräumt aussehen, aber es ist absolut nicht ihre Welt.

„Ach komm schon! Sieh mal, da ist die Harley! Ein trauriger Anblick, nicht wahr?" Lara versteht nicht. Sidney steht vor einem Blechhaufen, als wäre es ein krankes Kind. Achselzuckend wartet Lara den unverständlichen Trauermoment von Sidney ab. Das Unverständnis ist groß in ihrem Gesicht abzulesen.

Entschlossen drückt Sidney die Schultern durch und klatscht in die Hände. „Wir müssen die Harley zerlegen und wieder neu zusammenbauen! Du hilfst mir dabei!" „Was? Ich weiß nicht einmal, wie ich dieses Ding angreifen soll!" Lara ist entsetzt. „Sie ist ja reif für den Müllhaufen, oder nicht?" Sidney ist entsetzt. Lara hat ja keine Ahnung!

„Wir werden uns jetzt zusammensuchen, was wir alles an Ersatzteile brauchen werden. Vieles werden wir im Internet finden. Du kannst mir helfen, die Preise zu vergleichen.", bestimmt Sidney. Lara nickt gottergeben.

Angeekelt nimmt sie robuste Handschuhe entgegen. „Was soll ich damit?" „Anziehen!" Augenverdrehend wendet sich Sidney dem

Objekt ihrer Begierde zu. „Das habe ich gesehen!", murrt Lara auf Sidneys Reaktion.

Sidney fängt schon an, verschiedene Kleinteile abzuschrauben. „Leg diese kleinen Teile da vorne schön der Reihe nach hin. Wir müssen eine Ordnung halten, sonst weiß ich nicht mehr, wohin damit." Lara tut wie geheißen und bald arbeiten sie stumm eine lange… sehr lange Zeit miteinander.

Lara unterdrückt mehrmals ein Gähnen, bis sie Sidney um Gnade bettelt. „Sidney! Ich bin müde! Wie lange willst du noch hier herum schrauben?" „Bald! Ich bin gleich fertig!" Mit der Zunge zwischen den Zähnen zieht sie fest an der Schraube an. Umpf! „Meine Güte! Die sitzt aber fest! Hilf mir!", fordert sie Lara mit sichtbarer Anstrengung im Gesicht auf. Lara kommt näher und packt mit an. Die Schraube lockert sich nur mühsam. Uff!

Mit einem lauten Schnaufer setzt sich Sidney hin und streicht sich über die Stirn. Ein dicker schwarzer Schmutzstreifen ziert jetzt ihre Stirn. „Fertig. Fürs erste! Ich muss die Teile auflisten, die wir bestellen müssen! Kannst du einen Block und Kugelschreiber aus dem Büro holen? Es müsste alles auf dem Tisch liegen!"

„Also… wir brauchen Zündkerzen, Ölfilter, Luftfilter, Bremsscheiben, dann noch den vorderen Flügel… ah ja… Der Benzintank ist arg verbeult." „Das ist ganz schön viel!" „Ja, ich muss mit Scrabble absprechen, ob er irgendwo gute Prozente bekommt. Das wird ganz schön in die Börse gehen und ich bin mir sicher, dass das noch nicht alles ist…" Sidney versinkt kopfschüttelnd in Gedanken.

„Wer bezahlt das alles?" „Bobby selbst natürlich! Er hat den Unfall gebaut." Lara sagt nichts dazu. Sie kann froh sein, wenn Bobby sie nicht zur Kasse bittet. Sie ist auch mit einem anderen Gedanken beschäftigt. „Wäre es nicht billiger eine neue Harley zu kaufen?"

Sidney sieht sie entsetzt an. „Das hast du nicht gerade gesagt?! DIESE Harley ist sein Baby! Du würdest DEIN Baby doch auch nicht durch ein neues ersetzen? Oder?!!" „vergleichst du gerade eine Maschine mit einem menschlichen Wesen?!!" Lara glaubt ihren Ohren nicht zu trauen. Diese Frau ist doch verrückt!

„Wenn es nun das geliebte Motorrad eines Mannes geht, ist es so!", kontert Sidney und zuckt die Achseln. Sie weiß, was Lara meint, aber sie weiß auch, was in den Köpfen der Harley Fanatiker vorgeht.

„Wir machen für heute Schluss!" Sidney steht auf und streckt sich mit knackenden Geräuschen durch. Stundenlang hat sie auf dem Boden herumgekniet.

Sie gehen wieder nach oben. „Wie seht ihr denn aus?" Leo kommt ihnen entgegen. „Wir haben am Motorrad gearbeitet." Mhm. „Ihr habt beide eine Dusche notwendig. Ab mit euch!", kommandiert ihre Mutter.

Es ist schon finster. Bobby ist langweilig. Er hat den Tag über immer wieder geschlafen. Jetzt ist er putzmunter. „Ich habe Durst!" … dann wieder „Ich muss mal!" Leo ist sehr geduldig mit ihm. „Soll ich dir den Nacken massieren?" „Ja, bitte!" Sie steckt ihm vorsichtig ein dickeres Polster unter die Schulter, damit sie besser dazu kommt.

Stöhnend genießt er die Hände Leos. „Jaa… das ist guut!" „Mach mal halblang, Bobby. Du tust so, als wärest du nahe einem Orgasmus'!" Scrabble schüttelt angewidert den Kopf. Leo lacht. „Du hättest ihn im Krankenhaus hören müssen, als er das erste Mal dort gewesen ist! Oh mein Gott! Meine Kolleginnen glaubten schon, ich hätte was mit meinem Patienten!" Sie verdreht

162

grinsend die Augen und drückt die Daumen noch fester in die Muskeln der Halspartien. „Aua…! Das ist fies!" „Tschuldige!"

Sidney kommt herein. „Du hörst dich an, wie bei einer Sex Orgie!" Leo lacht. Bobby sieht sie mit seinen Schokoaugen intensiv an. Er ist entspannt. „Wenn ich dazu imstande wäre, könnten wir jetzt in mein Zimmer gehen." Er stöhnt wohlig auf. Leo ist gut.

Lara hat die letzten Worte gerade noch gehört und verdreht die Augen. Dem Kerl geht es schon besser, mutmaßt sie. Sie kommt an Sidneys Seite und setzt sich auf den Boden.

„Hi Lara! Wie geht's so?" Sie ist überrascht, dass Bobby sie so nett anspricht. Bis jetzt hat er nur ‚Ich habe Durst' und ‚Ich muss mal' zu ihr gesagt. „Gut!", kontert sie. „Wo wart ihr beide denn?" Er ist neugierig. „Duschen!" Laras Antworten bleiben einsilbig. Sie hat ihm nichts zu sagen. Er ist und bleibt ein arroganter Mistkerl!

Irritiert muss sie feststellen, dass er sie mit seinen, dicht bewimperten braunen Augen mustert. „Du bist hübsch!" Bobby will sie aus der Reserve locken. Lara wird rot. Ihr Gesicht brennt vor Verlegenheit. „Du siehst aus wie ein Engel mit den blonden Locken und den blauen Augen." Wie lange will er ihr noch Komplimente machen?

Sidney kichert. „Ihr beide passt gut zusammen. Was sagst du Scrabble? Lara hat blonde Locken und Bobby braune Locken. Black and White!" Lara schnaubt. Bobby lacht süffisant. "Komm her zu mir!", fordert er Lara auf.

"Warum?" "Ich will dich küssen!" „Ach nein!" Ihre Ironie ist greifbar. Ihre Röte noch dunkler. „Du kannst mich mal!" Bobbys ausgestreckte Hand schwingt wieder zurück.

„Jetzt halt mal den Mund Bobby! Lass Lara in Ruhe!" Leo ist verärgert. Bobbys Laune ist unausstehlich. „Mir ist fade! Ich liege schon so lange hier herum, dass ich schon Beulen auf meinem Hintern verspüre! Fuck!" Bobbys Frust ist unüberhörbar.

„Ich werde morgen mit dem Oberarzt sprechen. Vielleicht darfst du dich schon zeitweise aufsetzen. Dann können wir ja den Rollstuhl für kurze Zeit in Anspruch nehmen und du kannst dich selbst fortbewegen." Leo ist zuversichtlich. Die OP am Bein und am Ellbogen dürften ihn nicht allzu lange ans Bett fesseln. Sein Rücken müsste sich ja schon stabilisieren…

Aber es hilft nichts. Er muss die Nacht noch hier auf dem Bett durchhalten. Die anderen gehen in ihre Zimmer. Es ist spät und morgen ist Weihnachten. Dies ist allen bewusst, bis auf Bobby und Scrabble.

Weihnacht überall

Bobby hat Glück, denn am nächsten Tag darf er kurz in den Rollstuhl hinein. Sofort ergreift er die Initiative und rollt sich zum Lastenaufzug, der in die Werkstatt hinunterfährt. „Wo willst du hin?" „Weg von hier. Scheiße! Ich halte es hier nicht mehr aus!" Mühsam bewegt er die Räder des Gefährts und fährt in Begleitung Sidneys und Laras hinunter.

Bedeutungsvoll sehen sich die beiden jungen Frauen an. Was wird er sagen, wenn er seine Harley in tausend Einzelteile sieht? Achselzuckend verdreht Sidney die Augen. Bobby kann toben, wie er will. Sie kennt ihn besser.

Die Tür geht auf. „Wo ist mein Bike?" Es ist das Erste, was ihm einfällt. Nur wegen ihr ist er jetzt hier. Er hat sich nicht getraut, seinen Vater zu fragen. Er ist sich sicher, dass es eine Katastrophe sein wird. Jetzt führt ihn Sidney in den hinteren Teil der Werkstatt.

„Wir haben schon…" Sidney wollte eine Erklärung an den Mann bringen. Aber Bobbys verletzter Schrei lässt sie innehalten.

166

„Wer war das! Fuck! Fuck! Fuck!" „Wir! Ich habe schon angefangen die Einzelteile aus dem Internet herauszusuchen. Ich brauche noch die Zustimmung von dir oder Scrabble."

Bobby ist still geworden. So schlimm hat er es sich nicht vorgestellt. Im Umkreis von zwei Metern liegen jede Menge Einzelteile herum. Er sieht sie sich genauer an. Hier muss viel gereinigt und poliert werden!

„Ich werde euch helfen!" „Das ist ja super!" „Was willst du eigentlich tun? Du kannst nur zuschauen!" Laras mangelndes Einfühlvermögen lässt ihn böse aufschnauben.

„Ach was! Bobby kann uns helfen, die Teile zu säubern und aufzupolieren! Das ist eine Menge Arbeit. Glaub mir Lara!" Diese nickt nur skeptisch. Sie hat keine Ahnung davon.

„Gehen wir spazieren?" Lara braucht frische Luft. Der Gestank in der Werkstatt ist nicht ihres! Sie eilt an das Tor und schließt auf. Sidney schiebt Bobbys Rollstuhl und sie treten in den sonnenverhangenen Tag hinaus.

Lara atmet tief durch. Dabei streckt sie ihr Gesicht gegen die Sonne. Bobby fällt auf, dass ihre blonden Locken sensationell aufschimmern. Er ist fasziniert. Lara scheint sich ihrer Schönheit nicht bewusst zu sein.

„Engel!", murmelt er in sich hinein. „Was hast du gesagt?" „Nichts."

Bobby wird unruhig. Sein Rücken schmerzt. Seine Beine schlafen ein. „Geht's dir nicht gut?" Lara bemerkt es als erste. Bobby windet sich. Seine Haltung ist eingesunken. „Wir müssen zurück. Bobby muss sich hinlegen!" Lara ist alarmiert. Sie hat schon in Ambulanzen ausgeholfen und kennt Anzeichen der Erschöpfung.

Sie drehen um. Für Bobby ist es ein langer, fast schon zu langer Weg. Endlich zu Hause, hieven Sidney und Lara den erschöpften Mann auf das Bett. Er hält sie fest und küsst sie beide auf die Wange. „Ich danke euch beiden! Ihr habt mich gerettet!", meint er und küsst sie gleich noch einmal.

Sidney lacht. Lara ist verlegen. Ein Bobby, der sie küsst? Auch, wenn es nur auf die Wange ist? Dabei müsste er grantig auf sie sein. Immerhin glaubt er noch immer, dass sie schuld an dem Unfall ist. Oder nicht? Sie wendet sich ab, vordergründig etwas zu tun zu haben.

„Wir essen gleich!" Leo ruft aus der Küchenecke heraus. „Hier riecht es schon lecker! Was gibt es eigentlich?" Sidneys Nase schnuppert sich durch verschiedenste

Gerüche. Braten, Gemüse. Sie kommt näher. „Ihr beide könnt schon den Tisch decken! Fragt Bobby, ob er bei uns am Tisch sitzen will!"

Bis es dann tatsächlich so weit ist, ist Bobby schon wieder bei Kräftcn. Die kurze Ruhephase hat ihn wieder etwas entspannt. „Heute ist Weihnachtsabend, Leute! Lara und ich erwarten von euch, dass ihr mit uns Weihnachtslieder singt! Ich hoffe, ihr könnt noch so einige."

Fuck! Scrabble summt zwar immer wieder Weihnachtssongs aus dem Radio mit. Aber ob er sie auch frei singen kann, weiß er nicht. „Ich werde nicht singen, verdammt noch mal", stellt Bobby schon mal kategorisch fest. Mürrisch spießt er eine Karotte auf.

Sie essen schweigend weiter. „Ich habe kein Geschenk mit! Leider!", fügt Sidney hinzu. „Keine Sorge! Angesichts der neuen Lage haben wir heuer alle auf Geschenke verzichtet! Kein Problem!" Leo sieht Sidney freundlich an. Sidney ist erleichtert.

„Aber gerade du, bist heuer das beste Christkind!", behauptet Lara. „Ach wirklich?" „Na klar! Du reparierst die Harley für Bobby! Also ist Bobby heuer das

169

Glückskind!" Alle lachen, bis auf das vermeintliche Glückskind.

Dieses knurrt. Scheiße verdammt noch einmal! Ich und Glückskind?! Das ich nicht lache! Was für eine Scheiße ist das denn?

Lara und Sidney räumen den Tisch ab. Bobby wird von Scrabble ins Bett geholfen und Leo zündet die Kerzen am Weihnachtsbaum an. Die Stimmung wird schwer. Keiner sagt ein Wort. Irgendwann sitzen alle auf dem Boden neben Bobby und starren die kleinen, leicht flackernden Flammen an.

Irgendwann beginnt Leo zu singen. Sie singt kein Weihnachtslied, sondern einen Song aus Queens Schatzkiste. ‚Too Much Love Will Kill You' Scrabble gefällt die Stimme Leos und stimmt mit seinem Bass ein. Er kennt den Text. Die übrigen lauschen beeindruckt.

Ergriffene Stille kehrt wieder ein. Lara kann nicht lange an sich halten. Sie beginnt ein Weihnachtslied aus längst vergangenen Jahren. ‚Last Christmas' von Wham! Sidney summt mit. Bobby lauscht, angenehm überrascht, der klaren Stimme. Lara singt wie ein Engel. Es klingt wie ein eigener Song aus ihrem Repertoire. Hell und klar…

Andächtig und still sitzen sie eine kleine Weile beisammen. Scrabble will auch etwas anstimmen. Er überlegt. Vor kurzem hat er was gehört. Was war das wohl? ‚Heaven‘ Bryan Adams? Ja! Er fängt summend an. Leo fällt in den Song hinein und gemeinsam singen sie leise weiter.

Lara gibt ein Background. Es hört sich fantastisch an. Sidney fängt an zu wippen. Sie ist ganz hingerissen. So einen schönen besinnlichen Weihnachtsabend hat sie noch nie gefeiert. Sie erinnert sich an die stressigen Male bei verschiedenen Pflegeeltern, wo sie einige Zeit gewohnt hat.

Sie spürt eine Hand auf ihrer Schulter. Bobby hat wohl gespürt, dass es ihr nicht so gut geht. Ihre traurigen Gedanken lösen sich auf. Sie lächelt Bobby an. Er tut ihr gut. Auch Scrabble ist sie dankbar, dass er sie aufgenommen hat. Sie fühlt sich wohl in der rauen Männergemeinschaft.

Die Stimmen verstummen. Lara stimmt das bekannteste und traditionelle Weihnachtslied ever an. ‚Stille Nacht, Heilige Nacht. Jetzt wollen alle singen. Die rauen Bässe der Männer untermalen die leichten, zarten Stimmen der Frauen. Es ist wunderschön. Die Augen glänzen. Der Abend ist gelungen.

Leo dreht sich nach den anderen um und bemerkt, dass Bobby schlussendlich eingeschlafen ist. Er sieht friedlich aus. Sie legt den Zeigefinger an die Lippen und zeigt auf ihn. Sie steht auf und streckt den Körper durch.

Scrabble bläst die Kerzen aus und alle gehen ins Bett.

Ausklang

„Das war wirklich WOW heute! Danke!" Scrabble umarmt Leo und drückt ihr einen Kuss auf die Stirn. Mhm… „Ich gehe duschen. Kommst du mit?" Schelmisch lächelnd winkt sie ihm mit dem Zeigefinger. Sie braucht jetzt Action! Scrabble zieht sein Shirt über seinen Kopf und lässt sich von der Frau vor ihm bewundern.

Ihr Mund steht offen. Sein breiter Brustkorb, der leicht behaart ist, seine Bauchmuskeln, die er extra für sie erzittern lässt und sein Dreieck, das seitlich von dicken Adern belegt ist und zu den unteren Regionen führt, lässt sie sabbern. Leo küsst sich über die einzelnen Muskelstränge und muss an dem Bund der Hose anhalten. Sie hebt ihr Gesicht und strahlt verrucht über das ganze Gesicht.

Scrabble stöhnt. Die Frau macht ihn fertig. Seine Finger nesteln nervös an seinem Gürtel und schafft es sogar gleichzeitig den Jeansknopf zu öffnen. Leo sieht erwartungsvoll zu und leckt sich die Lippen. Sie hat ihn noch kein einziges Mal aus den Augen gelassen. Sie starren sich permanent an.

Stöhnend ziehen die kräftigen, langen Finger den Zipper talwärts und sie zieht ungeduldig die Hose mit den Boxer Shorts über seinen Arsch. Leo hat geduldig, die ganze Zeit über, auf den Knien vor ihm, abgewartet. Nun federt ihr sein erigiertes Glied entgegen. Sie stupst mit der Zunge an. Ein tiefes Stöhnen ist die Antwort. Fordernd legt er die Hand auf ihren Hinterkopf und zieht sie fordernd zu sich heran.

Sie nimmt vorerst den Phallus in die Hand und penetriert mehrmals. Dann leckt sie die ersten Lusttropfen mit breiter Zunge ab. Sie sieht ihn von unten her an und lacht unverschämt auf. „Fuck!" Scrabble hat zu tun, nicht vorzeitig abzuspritzen. Die Frau schafft ihn!

Nun nimmt sie den Schwanz vollends in sich auf. Sie wippt mit dem Kopf auf und ab. Ihre Zunge schlängelt eifrig über den Schaft. Nebenbei krault, kneift und zieht sie an den Eiern. „Fuck! Jaa… das ist… Fuck!" Er wirft in seiner Ekstase den Kopf zurück.

Er will mehr. Viel mehr. Er legt seine Hände mit mehr Druck an ihren Kopf und schiebt sie gegen sich. Ihr Hals ist auf diese Attacke nicht vorbereitet. Leo würgt. Kurz lässt er locker und drückt sich wieder gegen sie.

Dieses Mal hält er nicht mehr an. Er wippt leicht seinen Penis in ihren Hals und wieder hinaus. Beim nächsten Mal stemmt er sich weiter hinein. Scheiße! Ist das eng!

Er fickt sie härter. Leo ist besser darauf eingestellt. Scrabble lässt ihr auch keine weitere Chance. Sie krallt ihre Finger in seine harten Oberschenkel und überlässt sich seiner Dominanz. Ihr ist etwas schwindelig, aber sein harter Griff hält sie aufrecht.

Scrabble ist in seiner eigenen Sphäre. Seine Eier puckern. Sein Schwanz pulsiert. Blitze durchzucken die Wirbelsäule, hinab in seine Eier. Mit Gebrüll entlädt er sich in ihrem Rachen. Er hat keine Zeit, sich noch aus ihr heraus zu ziehen. Scheiße ist das gut!

Sein Samen rinnt ihr die Röhre hinunter. Sie hat es nicht einmal geschmeckt. Aber sie ist zufrieden. Sie hat ihn zum Abspritzen gebracht. Also hat sie alles richtig gemacht, nicht wahr?

Er beugt sich zu ihr hinunter und küsst sie. Seine Zunge tanzt mit ihrer. Dann hilft er ihr hoch. Ihre Beine sind eingeschlafen. Ächzend spürt sie dieses elendige Kribbeln eingeschlafener, jetzt langsam aufwachender Glieder. Er hält sie fest, als sie kurz strauchelt.

„Langsam, Baby!" Fest drückt er sie an seine Brust und krallt ihren Po.

Er zieht sie an sich hinauf und eilt mit seiner sexy Last in die Dusche. „Mann! Du bist aber stark! Ich bin doch schwer, oder?" Scrabble lacht. Seine Arme heben beinahe das doppelte, von dem was sie augenscheinlich wiegt! Sie streichelt bewundernd über seine dicken Arme. Die Muskeln sind mit Adern durchzogen und spannen sich bei jedem Schritt an.

In der Dusche lässt er sie an sich runterrutschen und hält sie weiterhin an sich gepresst. Ihr voller Busen drückt sich an seine harten Brustmuskeln und ziehen eine Spur des Schauers mit sich. Scrabble packt einmal fest zu und zieht die Warzen in die Länge.

„Aua!" Ihre Hand schlägt auf seine. Er lässt aber nicht los. „Baby du bist einfach klasse!" „Lass los! Es tut weh!" Der Busen schnellt zurück und der Schmerz zieht sich zurück. „Das machst du nicht wieder!" Er grinst nur dazu und nimmt sich die Duschflasche.

Mit Genuss knetet er die Brüste mit dem herben Duft und wandert schließlich südwärts. Leo hält sich indessen, fest und stabil an die Wand gedrückt. Ihre Beine sind gespreizt.

Seine Finger massieren die geschwollenen Schamlippen und den hautüberzogenen empfindlichen Knubbel. Stöhnend windet sie sich. Ihr Mund steht, als Einladung für ihn, offen. Dennoch japst sie keuchend auf, als seine Zunge, wie ein steifer Phallus weit in sie eindringt.

Ein dicker Finger und kurz darauf ein zweiter penetriert sie langsam und mit Genuss. Wimmernd genießt sie die beinahe groben Dinge, die er mit ihr anstellt. Ihre inneren Muskeln zucken zusammen. Scrabble knurrt. Er will in ihr sein und den Orgasmus in dieser heißen Muschi spüren.

Kurzerhand hebt er sie schon wieder in die Höhe und presst sie gegen die Wand. Sie protestiert. Sie fühlt sich der erotischen Behandlung betrogen. Aber er lässt sie nicht lange warten und rammt seinen Schwanz in sie. Keuchend zuckt sie zusammen. Der Schwanz ist spürbar dicker als vorhin die Finger.

„Jaa… mehr…!" Ihre Stimme versagt. Ihr Atem geht stoßweise. Sie drückt ihr Gesicht in seine Halsbeuge. Sein Puls rast unter ihren Lippen. Sie saugt sich fest und saugt noch mehr, als würde sie mit einem Strohhalm, ein Glas leertrinken wollen.

Scrabbles Muskeln zittern unter dem Gewicht der Frau und der Anstrengung, der er sich gerade unterwirft. Er kann nicht anders. Immer wieder stößt er zu. Seine Augen sind längst geschlossen. Er sieht Sterne! Die willkürlichen Kontraktionen in der Vagina, lassen seinen Penis erzittern. Leos Muskeln pressen ihn, als gäbe es kein Morgen!

Der Orgasmus naht. Die Wellen des Glücks lassen ihn noch härter arbeiten. Blitze flammen vor seinen Augen auf. Tsunamiähnliche Wellen überschwemmen sein Denken. Er kann nicht mehr. „Ich komme!"

Wie auf Stichwort pressen die Muskeln in Leos Inneren seinen bebenden Schwanz. Der Druck zwingt ihn loszulassen. Der erste Samen bahnt sich den Weg durch seinen Schaft und spritzt in die feuchte Enge. Dann folgen der nächste Schuss und er entleert sich, bis nichts mehr nachkommt.

Leo durchlebt den Orgasmus, indem sie fest in seinen Hals beißt. Er spürt es kaum, da er selbst mit seinen heftigen Empfindungen beschäftigt ist. Ihre Zähne haken sich in seinen Hals und lassen ihn nicht mehr los. Wie ein Vampir saugt sie unter dem Biss weiter an seinem Fleisch, als wolle sie sein Blut. Irgendwann… irgendwann… Der Druck des Höhepunkts lässt nach und sie lässt auf keuchend wieder locker.

„Scheiße nochmal, das habe ich jetzt gebraucht. Leo du bist der Hammer!" Leo guckt verträumt, aber aufgekratzt an ihm hoch. Sie steht jetzt auf ihren eigenen Beinen. Dann sieht sie den riesigen blauen Fleck an seinem Hals. Sie schluckt. Wie wird er reagieren?

Er reibt unbewusst daran, als wolle er etwas Unbekanntes wegwischen. Aber es brennt. Er dreht das Wasser auf und stellt die Wärme ein. Gemeinsam waschen sie sich und es scheint noch einmal ein Quickie stattgefunden haben…

Genesungsschritte

Leo muss wieder zur Arbeit gehen. Bobby ist mit Krücken unterwegs. Den Rollstuhl hat er verdammt. Nach Rücksprache mit dem behandelnden Arzt ist das okay. Nachdem er ein neues Kniegelenk und eine neue Kniescheibe eingesetzt bekommen hat, ist es unbedingt notwendig sie zu beanspruchen. Einzig ein angeknackster Oberschenkel bremst die übliche Behandlungsmethode eines neuen Kniegelenks massiv ein.

„Lara! Ich muss jetzt in die Arbeit. Mein Urlaub ist aufgebraucht. Bobby muss Therapie machen und ich kann mich nicht ständig um ihn kümmern. Tust du es für mich? Es ist wichtig!" Lara hat zugestimmt. Auch wenn sie weiß, dass er ein misslauniger Mistkerl ist. Aber sie soll es nur einmal am Tag machen. Ihre Mutter wird sich um das zweite Mal kümmern. „Keine Sorge Mama!", seufzend verabschiedet sie ihre Mutter an der Tür.

Sidney steht mit dem Handy vor ihr. „Es scheint, dass wir heute den ersten Teil der bestellten Ersatzteile bekommen. Hilfst du mir heute wieder?" Lara hat gehofft, dass die Lieferung erst kommt, wenn sie schon längst wieder auf der Uni ist.

„Ich muss Bobby bei seinen Übungen helfen!" „Das dauert doch nicht so lange, oder?", zweifelnd sieht Sidney ihre neue Freundin an. Lara nickt gottergeben. Die Werkstatt ist ihr zuwider. Eine stinkige Halle ist das!

Am späten Vormittag späht Lara auf die Uhr. Es ist Zeit für die Übungen. Wo ist Bobby hin? Seit er auf den Krücken ist, kann er von einem Zeitpunkt auf den anderen, irgendwo sein. Sie ist augenscheinlich alleine in der Wohnung. Sie telefoniert in die Werkstatt. Gut, dass es eine direkte Verbindung hinunter gibt!

„Jap.?" Scrabbles dunkler Bass meldet sich. „Ist Bobby bei dir unten? Er muss die Übungen machen! Ich warte schon!", wirft sie ihm ungeduldig vor.

Er hat einfach aufgelegt! Verdattert sieht sie auf das Telefon. Lara muss nicht lange warten. Bald hört sie den Lastenaufzug anfahren Und kurz darauf erscheint Bobby hinter den sich automatisch öffnenden Türen.

„Hey! Wo bist du denn?" Lara ist zappelig. Der Mann lässt sich immer bitten! Er muss doch dankbar sein, dass sie dies alles für ihn macht? „Ich bin ja schon da!", ächzt er. Im Stillen ist er froh für ihre Hilfe. Aber er ist ein Machoarsch.

Gemeinsam gehen sie, das heißt: Er humpelt, in den Fitnessraum. Er legt sich auf die Liege und sie beginnt vorsichtig seine Nackenmuskeln durchzukneten. Ihre Mutter hat es ihr gezeigt und ihr versichert, wenn sie nicht allzu fest zudrückt, kann nichts passieren. Also streichelt sie mehr, als dass es allzu viel Wirkung auf seine Nackenmuskulatur hat.

Bobby schnurrt. Diese Streicheleinheiten gefallen ihm auch sehr. Wem würde das nicht? Sie streichelt nicht nur seinen Nacken. Sie reibt durch seine weichen braunen Locken über seine Kopfhaut. Bobby schließt die Augen. Sein Zustand ist tiefenentspannt. Sein Gestöhne wirkt, als würde er angenehmen Sex haben.

„Fuck! Für was war das denn!" Ein Schlag auf seinen Kopf reißt ihn aus seinem Schwebezustand. „Denkst du gerade an Sex?", fährt sie ihn an. „Und wenn?" Grinsend sieht er sie über sich an. „Komm her!" „Du hast sie nicht alle!" Sie weiß genau, was er will. Auch wenn sie gegen einen Kuss nicht abgeneigt wäre…

Aber sie muss nicht weiter darüber nachdenken. Einer seiner Arme ist noch intakt und zieht sie nach vorne. Sein Mund schließt sich über ihre Lippen und drückt sie resolut auseinander. Er schlängelt sich in sie und kostet ihren, leicht nach dem herben Kaffee und süßer Marmelade schmeckenden Rachen aus.

Lara hat kein Problem mit küssen. Auch bei Bobby nicht und so gibt sie sich hin. Aber nur küssen! Sie stemmt sich hoch, als seine Hand zu wandern beginnt und schlägt ihm spielerisch drauf. „Reiß dich zusammen!“, meint sie nur und richtet sich jetzt neben ihn auf.

Das Bein mit dem neuen Kniegelenk muss bewegt werden! Es ist eine Gratwanderung, weil der Oberschenkel desselben Beins ebenfalls beim Unfall massiv lädiert wurde und deshalb geschont werden sollte.

Der Oberschenkel ist mit einer Stützmanschette versehen. Das Knie ist frei. Sie nimmt das Bein in die Höhe und winkelt es an. Vorsichtig macht sie mit dem Bein die natürlichen Bewegungen des Gehens nach. Es ist anstrengend, weil erstens Bobby nicht die Kraft dafür aufwenden sollte und zweitens das Bein aufgrund der noch immer vorhandenen Muskulatur sehr schwer ist.

Lara kommt an ihre Grenzen. Sie muss das Bein ablegen, sonst fällt es ihr aus den Händen! „Scheiße! Ich kann das nicht!" Sie sieht hoch. Bobbys Gesicht ist schmerzverzerrt. Alarmiert legt sie ihre Hand an seine Wange. „Habe ich dir wehgetan?" „Nein!" ächzt er. „Es ist anstrengend! Es brennt!" Lara macht Pause. Sie setzt sich erleichtert neben ihn und wartet ab. Sie kann eine Pause einlegen…

Sie ruft ihre Mutter an und hat Glück, sie in einer Pause zu erwischen. Sie schildert ihr über Bobbys Befinden. „Keine Sorge! Du hast es richtig gemacht! Für Bobby ist es auch anstrengend. Er hat bis jetzt nur das gesunde Bein belastet und das andere außen vorgelassen. Probiert es noch einmal und dann werde ich abends weitermachen."

Lara sieht auf Bobby. „Wir sollen es noch einmal probieren." Er nickt. Einzig, weil es Lara ist, will er sie nicht so schnell gehen lassen. Er will noch einen Kuss! Er beobachtet ihre Anstrengung.

Ihre Armmuskeln spannen sich an. Sie muss trainieren. Sie ist zu schwach! Seine

Gedanken konzentrieren sich einzig auf ihren körperlichen Zustand und wie er sie körperlich stärken könnte… und dazwischen könnten sie…

Er driftet ab. Er fängt an zu stöhnen. Lara erschrickt. War sie zu schnell? „Tut es weh?", fragt sie besorgt. „Nein, mach weiter!", stöhnt er. „Fuck! Es tut scheußlich weh!", gibt er schließlich zu. Sie hört sofort auf und legt das Bein vorsichtig wieder ab.

„Bleibst du noch bei mir? Ich will meinen gesunden Arm trainieren!" Sie nickt. „Willst du auch eine Hantel?", nachdem er seine mit einer dicken Stahlscheibe gespickt hat. „Das ist zu viel!" Entsetzt sieht sie zu, wie er diese schwere Hantel, mit einem beugenden Ellbogen, mühelos anhebt.

Er grinst und schafft ihr an, sich zwei andere Hantel zu holen. „Fang mit einem halben Kilo an!" Er zeigt ihr, wie sie es machen muss. Sie stellt sich vor den Spiegel und hebt die beiden Hanteln gleichzeitig zur Seite in die Höhe. „Das ist nicht schwer!", meint sie großspurig.

„Mach zwanzig Wiederholungen. Dann reden wir weiter." Tatsächlich. Die letzten Übungen schafft sie beinahe nicht mehr. Bobby feuert sie an. „Da geht noch eine!", meint er mit einem autoritären Ton. Sie nimmt alle Reserven zusammen und stemmt mühselig zum zwanzigsten Male. Sofort legt sie die Gewichte vor sich auf den Boden.

Bobby lacht. Er hebt noch immer seine schwere Hantel, als wäre es nichts. Sein Bizeps wölbt sich beachtlich.

Sie sieht ihm zu, als er ein wesentlich leichteres Gewicht auf die Hantel aufspannt und mit dem anderen Arm weitermacht. Sie erinnert sich, dass der Arm am Gelenkt ausgekugelt war. „Du bist ja sehr ehrgeizig. Tut das nicht weh?" „Nein!", großspurig macht er vor dem Mädchen weiter, bis er schnaufend beendet.

Letzter Tag

Die Weihnachtszeit geht zu Ende. Lara hat nur mehr einen Tag, dann muss sie wieder zur Uni zurück. Sie und Bobby sind gerade bei ihrer letzten gemeinsamen Therapie. Sie haben es sich zur Gewohnheit gemacht, gemeinsam zu trainieren. Überhaupt fühlt sich Lara besser, nachdem sie unter Anleitung Bobbys ihre Fitness verbessert hat.

„Ich werde dich vermissen, Lara!" Bobby hilft ihr die Arme unter dem Gewicht hochzustemmen. Sie nickt und schnauft. Hmpf! „Jaa…"

„Magst du heute bei mir im Bett schlafen?" Bobby wünscht es sich sehr, sie nur neben sich liegen zu haben.

Sie sieht ihn intensiv an. Sie würde es auch mögen. Aber sie ist sich unsicher. „Vielleicht…", meint sie vage. Aber sie weiß jetzt schon, dass sie seinen Wunsch nicht abschlagen wird.

Bis sie schließlich verschwitzt und beinahe dehydriert aus dem Raum kommen, ist es Mittagszeit. Leo hat gekocht. Sie wollte den letzten Tag mit ihrer Tochter genießen. Aber sie hat schon gesehen, dass zwischen Bobby und Lara eine Verbindung entstanden ist.

„Hier trinkt das!" Sie stellt den beiden einen selbst gemachten Energiedrink hin und sieht ihnen zu. Bobby sieht gut aus, denkt sie sich. Er hat sich unter den Fittichen Laras gut erholt. „Heute muss ich dich zum Arzt bringen. Er will dich untersuchen und sich über deine Fortschritte informieren. Bobby verzieht das Gesicht. Er hat die Fresse voll von den Ärzten! Fuck!

Der Tag vergeht rasend schnell. Sidney ist nach der Arbeit in der Werkstatt zum Abendessen eingeladen. „Wie weit bist du mit Bobbys Harley?", will Lara wissen. Sie hat sich nicht mehr dort sehen lassen. Nachdem sie mit Sidney gesprochen hat, wie zuwider ihr die Werkstatt ist, hat Sidney die Achseln gezuckt und es akzeptiert.

„Na ja, ich muss noch einen Teil bestellen. Dann braucht es noch frische Farbe. Ich glaube in einer Woche ist sie fertig. Schade, dass du sie nicht mehr vollständig repariert bewundern kannst! Sie ist ein Schmuckstück!" Lara lacht. Sie kann sich nicht vorstellen, ein Motorrad als Schmuckstück zu bezeichnen!

Bobby indessen, weiß nicht, wie er sich verhalten soll. Einerseits ist da Lara, die ihm über die schwere Zeit geholfen hat und andererseits Sidney, die sein Baby wieder auf Vordermann bringt. Beide Frauen gehen ihm gleichermaßen unter die Haut! Fuck!

„Kommt jetzt sofort zu mir und lasst euch umarmen!", fordert er bewegt. Wie auf Kommando stehen die jungen Frauen auf und gehen zu ihm. Beide bekommen einen süßen Kuss von dem Mann, der noch vor wenigen Wochen mit seiner Verletzung gehadert hat.

Scrabble und Leo schauen nur schmunzelnd zu und essen, sich vielsagend ansehend, weiter an ihrer Lasagne.

Bobby will gar nicht ins Bett gehen. Wenn er morgen aufwacht, wird Lara bald in der Früh schon fertig sein und von ihrer Mama zum Bahnhof gebracht werden. Fuck! Wehmütig blickt er über die letzten Tage hinweg.

Doch schließlich ist es so weit. Er muss zu Bett. Lange blickt er Lara an, die ihm dabei hilft. „Kommst du?" Sie nickt zuversichtlich und geht hinaus. Er ärgert sich sinnlos, denn er fühlt sich wie ein kleiner Junge, der von seiner Mama ins Bett gebracht wurde. Scheiße, verdammte!

Aber er muss nicht lange auf sie warten. Sie kommt in einer kurzen Samt Hose und einem bunten Träger T-Shirt herein und schlüpft unter seine Decke. Zufrieden streckt er seinen gesunden Arm aus, sodass sie sich an ihn kuscheln kann. Mehr geht nicht. Fuck!

Ihr süßer Duft umhüllt ihn und er schläft zufrieden ein.

Am nächsten Morgen wird Lara von ihrer Mutter geweckt. „Komm, es ist Zeit.", flüstert sie. Sie will Bobby auf keinen Fall aufwecken. Sie sagt kein Wort darüber, dass sie Lara in Bobbys Bett gefunden hat. Sie kann sich denken, dass die gemeinsame Zeit die beiden zusammen genossen haben und sie auch gebührend ausklingen haben lassen.

Sie fährt Lara zum Bahnhof und fährt anschließend selbst in die Arbeit. Der Alltag hat sie wieder eingeholt. Auch bei Scrabble ist wieder Vollbetrieb. Sidney macht Ordnung im Büro und hilft Scrabble bei den Autos, wo sie nur kann.

Bobby selbst kann Arbeiten im Sitzen verrichten und verbringt einen Großteil im Büro. Zuerst ist ihm sterbenslangweilig. Aber nach ein paar Stunden endloser Langweile, kommt ihm eine Idee. Er könnte die

Büroarbeit mit Vorlagen erleichtern. Ein Versuch ist es wert.

Nicht ohne den Boss

Der Alltag kehrt ein. Leo wohnt wieder in ihren eigenen vier Wänden. Scrabble hat es nicht geschafft, sie zu überreden, dass bei ihm viel mehr Platz ist. Dabei hat sie es bei sich zu Hause viel gemütlicher! Leo ist überzeugt, das Richtige zu tun. Vieles ist noch nicht ausgesprochen…

„Leo! Ich vermisse dich jeden Abend in meinem Bett!" Sie lacht nur über seine treuherzigen Versuche, sie zu sich zu locken. Sie will unabhängig bleiben. Basta.

Sie hat es sich zur Gewohnheit gemacht, dass sie mit dem Auto in das Krankenhaus fährt, wenn sie Scrabble und Bobby besuchen will.

Scrabbles Auftragslage ist hoch und Bobby ist noch nicht einsatzfähig. Sein Bein muss noch lange geschont werden und ist in das Büro verbannt worden. Sidney arbeitet Hand in Hand mit Scrabble.

Die Harley Bobbys ist beinahe fertig. Nicht alle Ersatzteile sind bisher geliefert worden. Bobby ruft in der säumigen Firma an und wird prompt vertröstet. Fuck! Er schlägt auf den Tisch, dass es nur so kracht.

Scrabble schüttelt über die Launigkeit seines Sohnes nur den Kopf und summt weiter den Song, der aus dem Radio über die ganze Werkstatt dröhnt. Er würde vielleicht nicht anders reagieren, wenn er in der Lage des Jungen ist.

„Hi." Scrabble verstummt. Er guckt nach vorne und sieht die praktischen Arbeitsschuhe Leos. „Du bist früh dran!" „Ich kann ja wieder gehen! Meine Liste der Patienten ist kürzer geworden. Zwei sind mit einem bösen Virus infiziert und dürfen deshalb nicht in die Therapieräume.", begründet Leo.

Scrabble kommt grinsend unter dem Auto hervor. Er schnappt seine Liebe und umschlingt sie. Er will einen Kuss. Leo schmiegt sich hinein und zieht ihn an den Ohren zu sich. Gleich darauf krault sie seine Glatze. Sie liebt diesen haarlosen Kopf und brummt mit Wohlbehagen in den Kuss hinein.

„Gehen wir nach oben? Ich habe Lust auf dich!" Scrabble fackelt nicht lange und zieht die Frau in seinen Armen mit sich. Sie kichert. Dass sie beide mit augenverdrehenden Mienen beobachtet werden, ist ihnen herzlich egal.

„Sidney du machst nachher mit dem VW weiter!", teilt Scrabble ein. „Geht klar, Boss!" Sidneys Kopf verschwindet wieder unter der Motorhaube des einen Autos, unter dem vorhin Scrabble gelegen hat.

„Ich habe Hunger! Ich bestelle uns etwas! Sidney, hast du mich gehört?!" Bobby kommt aus seinem Büro gehumpelt. Langweiliges Zeugs! Sein Magen knurrt und hat sein Handy schon in der Hand, um Sidneys Bestellung aufzunehmen.

„Wie immer, Bobby!" „Geht klar!" Er tippt eine Pizza Calzone ein und für sich die altbewährte Lasagne. Sein Dad ist beschäftigt. Seine Schuld.

Plötzlich fällt Schatten auf ihn. „Jessica! Hey, lange nicht gesehen! Raphi!" Jessica kommt mit ihrem jüngeren Sohn in die Werkstatt. Sie sieht sich suchend um. „Wo ist Scrabble?" „Oben... mit Leo!", sagt er, als wäre es alltäglich. „Was macht ihr hier?"

„Raphael will eine Lehre als Automechaniker machen. Glaubst du Scrabble will ihn nehmen?" „Das kann ich nicht sagen. Es kann eine Weile dauern, bis Dad wieder herunterkommt. Wenn du verstehst, was ich meine...!" Er grient und verzieht betont angewidert das Gesicht. Mit seinen Händen und Hüften betont er die Beschäftigung, der die beiden Erwachsenen oben nachgehen.

Jessica sieht ihren Sohn an. „Willst du warten? Wir können auch später wieder kommen?" „Ich möchte gerne hier bei Bobby und Sidney bleiben! Sie können mir inzwischen die Werkstatt zeigen, oder?", wendet er sich an Bobby. „Na klar!" „Dann braucht ihr mich nicht und du weißt, was du willst?"

Jessica ist etwas besorgt, wegen Scrabble und seiner Reaktion. Wird er ihren Sohn als Lehrling aufnehmen wollen? Es ist einigermaßen pikant. Sie geht weg und kümmert sich darum, dass Raphael alleine zurechtkommt.

„Hast du Hunger?" Raphael nickt. Mit seinen fünfzehn Jahren ist er nicht nur groß, sondern er hat einen, für sein Alter muskulösen Körperbau. „Pizza?" „Scharf und extra Knoblauch, bitte!" Bobby tippt ein und sie beide nehmen im Büro Platz.

Etwas verlegen sehen sie sich an. Keiner weiß so recht, über was er sich mit dem anderen unterhalten soll. „Äh… du hattest einen Unfall?" „Yap!" „Wie lange ist das jetzt her?" „Das war kurz vor den

Weihnachtsfeiertagen... ja... so um die Zeit etwa!" „Mhm!"

Die beiden taxieren sich. Raphael ist etwas unsicher, ob seines jungen Alters. Bobby, weil er nicht weiß, was den Jungen interessiert. Der Altersunterschied liegt bei sieben Jahren. „Willst du dir die Werkstatt ansehen?" „Klar!" Sie stehen auf und Bobby humpelt voraus.

Er zeigt ihm dies und jenes. Bobby hat keinen Plan, was den Jungen neben ihm interessiert. „Wem gehört diese Harley?" „Mir! Sie ist noch nicht fertig. Wir müssen auf ein paar Ersatzteile warten." „Sieht gut aus!" „Danke!" Raphael wagt es nicht, das unfertige Motorrad näher in Augenschein zu nehmen.

Der Lieferdienst kommt mit dem bestellten Essen. Verführerischer Duft vermischt sich mit dem Geruch der Werkstatt. Bobby und Raphael ziehen zugleich die Nase hoch. „Endlich! Ich verhungere gleich!" Raphael grinst. Genau dasselbe hat er sich auch gerade gedacht!

Bobby stupst Sidney an den Beinen an und sie gehen mit Raphael im Schlepptau in das Büro. „Das riecht lecker!", meint Sidney und zieht ihren Pizzakarton zu sich. „Ja!" Raphael greift nach seiner und Bobby stürzt sich auf die Lasagne.

„Wenn du Durst hast, musst du zum Automaten gehen!", bietet Bobby an. „Wer will was?" Sidney ist schon aufgestanden. „Bier!" „Cola?", fragt Raphael unsicher. „Ist alles da! Ich komme gleich wieder! Vergreift euch inzwischen nicht an meinem Karton!", mahnt sie mit gekrauster Stirn.

Die Lasagne ist verschlungen und Bobby schielt sehnsüchtig zu Sidneys Karton. Aber er verkneift es sich. Sie kann wütend werden, wenn sie einen Grund hat. Das kennt er! Fuck! Er kann sich kaum beherrschen…

Erotisches Duscherlebnis

Scrabble ist mit Leo unter der Dusche. Er ist zwar schon sauber, aber Leo will nicht genug bekommen. Nach drei Orgasmen, die sie beide fertig gemacht haben, weil sie so heftig ausgefallen sind, sinkt Leo zu seinen Füßen und sieht sich den schlaffen Schwanz ihres Liebhabers an.

„Baby!" Verzweifelt, weil er nicht mehr kann, will er sie zu sich hochziehen. Aber sie denkt nicht daran und macht sich extra schwer. Sie streichelt den schlaffen Muskel vor ihr und leckt über die ganze Länge. Ein kleiner Zucker ist die Antwort. Leo lacht. „Was gibt es da zu lachen?!"

Scrabble stöhnt laut auf. Sie macht das gut! Sie leckt und knabbert an seiner Penishaut und zieht die kleine Eichel tief in sich hinein. Der ganze Muskel ist in ihrem Rachen verschwunden. Sie wälzt den Penis in ihrem Mund hin und her… entlässt ihn aus ihrem Mund und bläst auf die nasse Haut.

Der Penis wächst sichtbar unter der wohltuenden Behandlung. „Leo! Du machst mich fertig!" Sie grinst ihn von unten verführerisch an und öffnet die Lippen. Sie schnappt nach der Eichel und saugt daran. Er vergeht fast an dem irren Gefühl! Er wirft den Kopf zurück auf die Wand und ergibt sich stöhnend ihrer erotischen Behandlung.

Der Penis ist steif. Zufrieden mit dem bisherigen Ergebnis, leckt Leo nun jedes Fleckchen, das es zu erkunden gibt. Sie penetriert den riesigen Schwanz, der in ihrer Hand nicht mehr zu zucken aufhört und leckt nun die vollen Eier. Sie nimmt sie einzeln in den Mund und saugt sie tief in den Mund. „Aah…! Leo…! Fuck!"

Scrabble guckt hinunter. Der Anblick der eifrigen Gespielin lässt seinen Schwanz noch mehr anschwellen und greift ihr an den Hinterkopf. „Nimm ihn… jetzt! Ich werde dich ficken, dass du morgen noch daran denkst! Mund auf!", befiehlt er.

Sie öffnet weit die Lippen und lässt ihn sich langsam in sich hineinschieben. Er zieht sich wieder zurück und schiebt wieder hinein. Immer tiefer und tiefer drückt sich der dicke Luststab durch ihren Rachen hindurch. Sie würgt. „Lass locker!"

Der Würgereiz bleibt noch eine Weile. Scrabble lässt sich dadurch nicht beirren. Er schiebt sich ganz hinein und spürt ihre Lippen auf seinem Bauch. Er schnauft durch. Dieses geile Gefühl… Fuck! Verflucht! Lange kann er nicht mehr halten.

Er zieht sich vorsichtig zurück. Aber nur bis zu ihrem Mundraum. Dann spritzt er brüllend los. Er hält sie noch immer in Position und sie schluckt alles hinunter. „Leck den Rest weg!" Sie schließt den Mund und saugt auch den letzten Rest des Spermas in sich hinein.

Sie zieht sich zurück. Sie ist fertig. Es ist zweifellos ein geiles Gefühl, aber anstrengend. Scrabble zieht sie hoch, aber ihre Beine knicken ein. „Mein Gott! Meine Beine sind eingeschlafen! Lass mich eine Weile so stehen!" Aber Scrabble nimmt sie hoch in seine starken Arme und trägt sie hinaus. Er lässt es sich nicht nehmen, sie vollständig abzutrocknen.

Sie kichert. „Das kitzelt!"

„Du brauchst frische Wäsche! Deine Arbeitskleidung ist verschmutzt!" Mit Schaudern denkt Leo an die Reinigung. Diese Ölflecke werden hartnäckig sein. Aber sie ist zuversichtlich, dass die Wäscherei im Krankenhaus es wieder hinkriegen werden.

Scrabble bringt ihr Boxer Shorts, eine Jogginghose und ein Shirt aus seinem Wäscheschrank. Mit aufkrempeln an Armen und Beinen geht es. Leo ist zufrieden, dass sie die verschmierten Sachen nicht mehr anziehen muss und fühlt sich wohl in den bequemen Kleidungsstücken.

Raphael

Scrabble stolpert mit Leo die Treppe hinab. „Es wartet leider viel Arbeit auf mich! Es tut mir leid, dass ich keine Zeit für dich habe, Leo!" „Macht ja nichts! Dafür hat es Orgasmen gegeben. Die waren es Wert, dass ich jetzt nach Hause geschickt werde!" Sie zieht ihn an sich und gibt ihm schmunzelnd einen geräuschvollen Schmatzer auf die Wange.

Lachend kommen sie in die Werkstatt. „Was ist denn hier los? Wollt ihr nicht arbeiten?!" Scrabble reagiert grantig auf die jungen Leute im Büro, die nichts Besseres zu tun haben, als sich Pizza liefern zu lassen.

„Raphael." Jetzt bemerkt er, wen er hier vor sich hat. Dabei ist der Junge absolut nicht zu übersehen.

„Dad, Raphael möchte als Lehrling bei uns anfangen." Der Junge nickt nur bestätigend und kaut seine Pizza weiter.

Leo muss zweimal hinsehen. Das gibt es doch gar nicht! Oder?! Die grünen Augen? Das Profil? Das ist Scrabble?! Sie sieht zu dem

Erwachsenen hinüber und wieder zu dem jungen Scrabble zurück.

Sie ist sich sicher, dass das Scrabbles Sohn sein muss! Diese Ähnlichkeit ist frappierend! „Was sagt Jessica dazu?" Scrabble sieht zu seinem jüngeren Double. „Sie hat es mir vorgeschlagen.", antwortet dieser mit vollem Mund. Scrabble nickt.

„Scrabble ich muss mit dir reden! Jetzt! Sofort!" Leos Tonfall ist unmissverständlich. Sie geht hinaus und verlässt sich darauf, dass er ihr folgt.

„Was ist, Leo?" „Lach mich jetzt nicht aus! Dieser Raphael sieht aus wie du in jüngeren Jahren." „Ja. Er ist mein Sohn!" Scabbles Offenbarung lässt kein weiteres Wenn und Aber zu. Seine Miene ist undurchschaubar. Seine Augenbrauen ziehen sich dennoch etwas zusammen. Eine steile Falte bildet sich auf seiner Stirn. Ärger liegt in der Luft. Er versteht nur noch nicht, warum…

„Wie bitte?! Sag mir nicht, dass Jessica seine Mutter ist? Warum erfahre ich erst jetzt davon?" Ihre schrille Stimme hallt angepisst durch die Werkstatt. Sie fühlt sich betrogen, auch wenn es schon Jahre vor ihr geschehen ist. Sie ist nahe dabei, ohne ein Wort diesen Ort zu verlassen. Vielleicht wäre es besser, bevor sie platzt? Die drei jungen Leute gucken neugierig und einhellig nach draußen.

„Sprich mit mir! Warum weiß ich nichts davon!" Sie schüttelt ihn hart am Arm. Ihre Finger krallen sich in sein Fleisch. „Aua!" Er zuckt zurück. Leo ist äußerst erregt. Scrabble seufzt und fängt an zu erzählen.

„Jessicas Ehe war von Anfang zum Scheitern verurteilt. Der erste Sohn ist von dem Loser, ihrem Ehemann. Jessica und ich haben uns zufällig auf der Straße getroffen, als sie mit dem Kinderwagen spazieren gegangen ist. Bobby und ich haben sie eingeladen, doch zu uns in die Wohnung zu kommen. Wir hatten viel Spaß. Es wiederholte sich und irgendwann haben Jessica und ich wieder gefickt." Er macht eine Pause. Dabei guckt er in die Ferne und reibt sich über die, von leichten Schmerzen pochende Stirn.

„Versteh mich nicht falsch, Leo. Ich habe sie immer noch geliebt. Ich war damals wie vor den Kopf gestoßen, als sie mir mitteilte, dass sie heiratet. Damals glaubte ich, dass sie zu mir zurückkommen möchte. Ich war so ein Idiot!"

„Warum? Wart ihr nicht beisammen?" „Ich war mir zu dem Zeitpunkt sicher. Aber ihre Mutter hatte keine Freude mit mir! Ich war nicht gut genug für ihre Tochter! Verdammte Scheiße!"

Er schaudert und schüttelt den Kopf, wie um seine Vergangenheit abzuwerfen. Seine Miene verrät seine Verletzbarkeit. Es hat ihm sehr weh getan. Leo nimmt fürsorglich seine Hand, als würde sie seine Verzweiflung spüren.

„Jessica ist von ihrer Mutter abhängig gewesen. Sie wollte sie nicht alleine lassen. Immer wieder hat die Alte heiratswillige Kandidaten nach Hause eingeladen. Ich habe mich immer gewundert, wo sie die alle herhatte. Es waren alles Loser mit einer dicken Brieftasche! Mit dem Letzten hat sie den Vogel abgeschossen. Er ist irgend so ein hohes Vieh in einem Konzern!

Der Loser hat sie beim ersten Date geschwängert und sie musste ihn heiraten. Jolande bestand darauf! Ich war sauer! Fuck!

Dann kam sie an diesem Tag mit ihrem ersten Sohn zu uns und wir begannen uns anzunähern. Der widerliche Kerl hat sie seit der Schwangerschaft mit anderen Frauen betrogen. Er wollte, dass sie abtreibt. Sie wollte nicht und so gebar sie ihren älteren Sohn Richard. Sie suchte bei mir Trost und ich sagte nicht nein. Sie wurde schwanger mit Raphael."

„Was passierte dann? Ich meine, wie reagierte der Ehemann?" Leo ist entsetzt über die Geschichte. Sie wird Jessica nicht mehr in die Augen sehen können! Sie ist ein Opfer, wie es viele auf dieser Welt gibt. Sie sieht Scrabble an. Er erzählt weiter.

„Der Idiot hat Raphael als eigenen Sohn angenommen und so hat es ausgesehen, als wäre die Ehe intakt. Er musste sein Gesicht wahren, das Arschloch.

Die Ehe wurde noch schlechter. Er ist nie mehr nach Hause gekommen. Er hat die Weiber gewechselt, wie andere die Unterhemden. Jessica ist jeden Tag alleine mit ihren Kindern in dem Haus gewesen.

Sie wird die Scheidung einreichen, sobald die Jungen auf eigenen Füßen stehen." „Was ist mit dem Älteren? Was macht er?" „Er ist in Wien auf der Universität. Er ist jetzt auf einmal der ganze Stolz seines Papas. Dabei hat er nie mit ihm geredet. Das Arschloch prahlt in den Medien über seinen Erstgeborenen. So ein Loser!" Sie seufzen beide auf. Wie kann man nur so dämlich sein?!

„Glaubst du, dass Jessica die Scheidung durchboxt?" „Ja, sie ist zuversichtlich. Sie meint, dass ihr Ehemann sein Gesicht nicht verlieren will. Sie hat einige stichhaltige Fotos mit anderen Frauen, Videoaufnahmen und Zeugen, auf die sie zurückgreifen kann." Die Beweise liegen wohlverwahrt in einem Safe ihres Privatdetektivs auf, den sie angeheuert hat. Leo nickt.

„Das wird ein harter Kampf werden. Hoffentlich leidet Raphael nicht darunter. Übrigens weiß Raphael, wer sein richtiger Dad ist?" „Nein! Sie wollte es noch nicht sagen. Aber wenn er hier arbeiten will, dann müssen wir es tun! Scheiße!"

Sie drehen sich um. Raphael steht mit bleichem Gesicht hinter ihnen. „Du? Du bist mein Vater?" Scrabble wischt verlegen über seine Glatze. „Ja."

Leo übernimmt das Kommando. „Kommt, gehen wir hinein. Scrabble hol Jessica hierher. Das geht auch sie etwas an. Ihr müsst es beide klären!" Sofort zückt Scrabble das Handy. Er ist froh, dass Leo bei ihm ist.

Raphael selbst ist verwirrt. Wieso? Was? Warum? Scrabble ist sein Vater? Seine Gedanken fahren Achterbahn. Sein Dad zu Hause hat ihn nie gewollt. Jetzt weiß er, wieso das so ist. Er ist ein Bastard! Darum sieht er seinem Bruder und seinem Scheinvater überhaupt nicht ähnlich! Verdrossen setzt er sich auf den angebotenen Stuhl im Büro hin. Sein Kopf hängt zwischen seinen Armen hindurch.

„Was ist da los? Habe ich etwas verpasst?" Bobby ist diese komische Stimmung nicht geheuer. Er will Antworten! „Gedulde dich Bobby! Wir warten auf Jessica!" „Jessica? Warum? Was hat Jessica jetzt damit zu tun?" Seine Augen sind voller Fragen und je länger er warten muss, desto unsicherer wird er.

„Raphael weißt du irgendetwas?", will er aus dem Jungen herausholen. Dieser sitzt blass und zusammengesunken auf seinem Sessel. Er starrt nur mehr auf den Boden.

„Raphael, was ist passiert?" Jessica fegt, ganz besorgte Mutter, zur Tür herein und hält inne. „Scrabble!", wendet sie sich an den Mann hinter ihr, weil ihr Sohn wie ein Häufchen Elend vor ihr sitzt.

„Mama! Ist Scrabble mein Vater?" Jessica verstummt. Sie nimmt den Jungen in ihre Armen, aber er drückt sie ungeduldig weg. „Ist Scrabble mein Vater!", schreit er aufgebracht. Die Mutter nickt und sieht ihn flehend um Verständnis an. Keiner spricht.

Die Stille ist zermürbend. Was passiert jetzt? Wie wird Raphael auf diese ungeheuerliche Wahrheit reagieren? Bange steht seine Mutter vor ihm. Sie wagt es nicht mehr, nach ihm zu greifen…

„Gott sei Dank!" Raphael seufzt. Die Erwachsenen stehen verdattert um ihn herum. Hat der Junge den Verstand nun endgültig verloren? Raphael wendet sich an Scrabble.

„Ich bin froh, dass du mein Vater bist, und wünsche mir, dass du das auch so siehst!" Scrabbles Gesicht durchläuft viele Stationen der Überraschung, Verdüsterung und schließlich erhellt sich sein Gesicht. Er lacht brüllend los. Sein Junge akzeptiert ihn?! Er könnte nicht glücklicher sein!

„Komm her!" Scrabble geht einen Schritt auf seinen Sohn zu. Dieser fliegt regelrecht in seine Arme. Diese beiden muskulösen Körper prallen aufeinander. Dennoch hat Leo das Gefühl, als verschwände der Junge unter den riesigen mächtigen Oberkörper seines richtigen Vaters.

Jessica ist völlig in Tränen aufgelöst. Leo nimmt sie in den Arm und hat nun selbst mit Tränen zu kämpfen. Bobby sitzt da und weiß nicht, wie ihm geschieht. Raphael ist der Sohn Scrabbles? Wer ist dann er, zum Teufel noch einmal?! Er sitzt da und starrt böse auf Vater und Sohn, die sich innig umarmen. Er fühlt sich verraten. Er ist der Sohn!

Scrabble lässt locker. Er hält Raphael von sich gestreckt und sieht ihm tief in die Augen. „Du kommst zu mir, wenn die Sache mit deiner Mama geklärt ist. Alles klar?"

„Hey… und was ist mit mir?" Leo sieht von Bobby zu Scrabble. Armer Bobby! Sie klopft auf Scrabbles Arm und nickt zu dem verloren dasitzenden Sohn.

Scrabble holt Bobby zu sich. „Du bist mein Ältester! Ich liebe dich!" …und zieht Bobby in eine enge Umarmung. Der Sohn ist zufrieden. „Ist ja schon gut, Scrabble… äh… Dad!" Er löst sich verlegen und sieht zu Raphael. „Bruder!" …und zieht nun diesen resolut in eine Umarmung.

Scrabble räuspert sich. Es ist zu viel! „Genug! Wir müssen arbeiten!" Er klatscht dabei in die Hände und geht hinaus. „Raphael! Komm her!" Raphael zuckt die Schulter zu seiner Mama hin und folgt grinsend dem Ruf seines Vaters. „Du willst Automechaniker werden? Dann, mein Sohn nimm dir ein Rollbrett und komm mit mir unters Auto!"

Jessica ist verdattert. Leo lacht. Das ist Scrabble! Er ist kein Mann langer Worte. „Was machen wir jetzt?" „Gehen wir auf einen Kaffee? Wir haben einiges zu bereden!", meint Leo. Jessica nickt und verlassen ohne weitere Worte die Werkstatt.

Epilog

Einige Monate später.

Leo ist endgültig bei Scrabble eingezogen. Ihre Liebe zueinander ist für alle greifbar und Leo ist es zu anstrengend, ständig von ihrer eigenen Wohnung zu Scrabble zu fahren. Auch Scrabble hat sie gedrängt, doch bei ihm einzuziehen.

„Brauchst du einen Heiratsantrag, dass du endlich bei mir bleibst, oder was?" Mit finsterer Miene hat er sie dabei angesehen. Leo hat nur laut gelacht. „Nein, bei Gott! Ich komme auch ohne zu dir!"

Scrabble hat Bobby und Raphael dazu eingeteilt alle Schachteln und Kisten von Leo in ihre gemeinsame Wohnung über der Werkstatt zu verfrachten. Leo hat ihre kleine Wohnung, die sie schon gekündigt hat, geschlossen und ist ihnen nachgefahren.

„Einen Vorteil hat es ja. Du kannst meinen Wagen prüfen, ob alles noch so funktioniert, wie es sein sollte. Das spart mir viel Kohle!", meint sie schelmisch. Gespielt finster blickt er sie an und rennt ihr nach, als sie kichernd schnell das Weite sucht.

Bald fängt er sie ein. „Ganz umsonst mach ich das nicht, Weib! Eine kleine Gefälligkeit kostet es dich allemal!" „Jaa…?" Sie schnurrt wie eine Katze und drückt sich aufreizend an ihn. „Was schwebt dir denn so vor? „Ich lass mir was einfallen!", meint er lapidar und sein Mund erobert ihren mit Leidenschaft.

„Oh… Ich wollte nicht stören!" Jessica steht plötzlich vor ihnen. „Was willst du denn da?" Auch wenn sie alle freundschaftlich zueinander sind, stört es Scrabble doch gewaltig, wenn sie so plötzlich und unangemeldet auftaucht.

„Ich wollte nach euch sehen, ob alles in Ordnung ist.", meint sie lauernd. Ihr gefällt gar nicht, dass Scrabble scheinbar jemand anderen gefunden hat. Sie ist doch immer die eine gewesen, oder nicht? Gerade jetzt…

„Mach, dass du wegkommst! Deine Zeit ist leider vorbei… schon lange!", fügt er hinzu. Jessica bekommt große Augen. So hat er noch nie mit ihr geredet! „Lass die Schlüssel da, wenn du verschwindest, Jessica!"

Sie ist entsetzt. Er serviert sie einfach so ab? Sie fischt ihren Schlüssel, den sie bis jetzt wie einen Schatz gehütet hat, aus dem Beutel und wirft ihn auf den Tisch. „Ich gehe ja schon!", murrt sie. Dieses klirrende Geräusch ist endgültig. Sie geht ohne weitere Worte, denn ihre Zeit ist jetzt um.

Sie ist nun endgültig geschieden und lebt wieder allein. Ihr Mann war mit allen Forderungen seiner noch Ehefrau einverstanden. Er bezahlt das Studium für seinen älteren Sohn und zahlt Jessica großzügig Unterhalt. Jessica hat auf das Haus bestanden und lässt es sich auch bezahlen.

Raphael ist zu seinem echten Papa gezogen. Es ist einfacher in der Zeit seiner Lehrjahre. Bobby arrangiert sich damit, dass er nicht mehr der einzige Sohn ist, aber er sonnt sich in Raphaels Bewunderung.

Autorin

Die österreichische Autorin, Ingrid Seemann ist glücklich verheiratet und Mutter von zwei erwachsenen Kindern. Ihre Leidenschaften sind das Schreiben, das Lesen von Romanen mit Happy End und Sport als Ausgleich. Wenn sie nicht gerade vor ihrem Laptop sitzt, oder ein Buch liest, ist sie im Fitness Studio oder mit ihren Nordic Walking Stöcken unterwegs.

1. Teil:

Dieser Roman ist öfters umgeschrieben worden. Es hat nie gepasst. Ursprünglich sollte es eine Anlehnung zu Jack (Sarah und Noah – die Trilogie) und den Cobras sein. Aber es ist mir nicht so recht gelungen. Jetzt ist es ein selbstständiger zweiteiliger Roman geworden und ich hoffe er gefällt euch!

Bisher erschienen

Die erste Generation:

Rock Me Sweetheart

Die russische Oligarchin

Der widerspenstige Russe

Die zweite Generation:

Sarah und Noah, Tanz für mich, Süße!

Die Trilogie

Die dritte Generation:

Die Holzfäller: Passt auf Sie auf!

Ich bin nicht schwul!

Das Schicksal schlägt zweimal zu:

Spiel mit mir!

Es ist alles nur Show!

Überleben Wildnis: Küss den Tiger!

Paparazzi! – Bonus!

Wer viel Erotik liebt, für den habe ich noch:

Außerirdischen Gefühle

Die neuesten Bücher 2022:

Ein ganz normaler Junge

Komi und New York

Die Tage des Nichtstuns zerrt an den Nerven der Frauen. Sie werden immer unruhiger. Jeden Tag haben sie die weite Gegend rund um das prächtige Haus von Jonas abgegrast. Aber jetzt wird es langweilig. „Antoine, kann ich dir etwas Arbeit abnehmen?" „Meine liebe Cara! Ich wüsste nicht, was ich dir auftragen könnte! Was möchtest du gerne tun?" „Ich kann kochen! Das liebe ich!", und sie hofft, dass sie in die Küche schauen darf. Er lächelt. Dabei kann er ihr behilflich sein. Anne, die Köchin des Hauses, wird sicher etwas für

Cara zu tun haben, ist er sich sicher „Komm mit Cara!", und geht ihr voraus. Mittlerweile kennt er die Damen auch bei ihrem Namen und die Verständigung, aufgrund unterschiedlicher Sprachen, ist sehr gut. „Hallo Anne! Cara will dir gerne helfen! Das geht doch, oder nicht?" Anne sieht Cara kritisch an. „Ich brauche was zu tun, liebe Anne! Sonst drehe ich noch durch!", schmeichelt Cara der dicken Köchin. „Hast du schon gekocht?" „In unserem Dorf habe ich immer das Fleisch auf dem Spieß über dem Feuer gebraten!" Anne lacht. „Hier braten wir in der Pfanne! Aber ich bringe dir gerne die Zubereitung der Speisen bei! Hilfe ist immer willkommen!", breit lächelnd gibt sie der jungen Frau die Hand. Aber Cara ist so glücklich, dass sie Anne um den Hals fällt. „Danke! Danke!" Antoine geht mit einem zufriedenen Lächeln hinaus.

„Wer bist du, Arschloch!" Was ist das für ein Lärm da draußen, denkt sich Antoine erschrocken. Mit eiligen Schritten lenkt er zur Haustür, die einen Spalt offensteht. Mit Entsetzen blickt er auf Olga, die einen jungen Mann niedergerungen hat und ihm ein Messer an den Hals hält. Antoine ist bestürzt. „Fräulein Olga! Was tun Sie da! Lassen Sie den jungen Herrn sofort los!" Sie sieht hoch.

Ihr Gesicht ist konzentriert, aber doch gelassen. „Der junge Kerl, wollte sich hier in das Haus einschleichen!" „Lassen Sie ihn endlich los! Dann kann ich ihn fragen, was er hier will! Herrgott noch einmal!" Antoine ist sichtlich verärgert. Dieses Verhalten ist nicht angebracht! Nein! Auf keinen Fall! Olga entfernt langsam das gefährlich aussehende Messer, das sie früher immer zur Jagd mitgenommen hatte. Hustend und röchelnd sackt der Mann auf den Boden. Vorsichtig hält er sich den Hals und bemerkt entsetzt, dass sich rote Farbe auf seinen Fingern ausbreitet. Er ist verletzt! Ängstlich sieht er hoch. Antoine beugt sich zu dem verunsicherten jungen Mann hinunter und ergreift ihn am Arm, um ihn aufzuhelfen. „Kommen Sie schon!" Zu Olga gewandt, fordert er: „Helfen Sie mir schon! Sie sehen doch, dass er geschwächt ist, Olga!" Unwirsch schnappt sie den anderen Arm und hievt ihn ohne Umschweife mit einem Ruck in die Höhe. Der junge Mann hebt abwehrend einen Arm. Vorsicht ist besser. Diese Furie bringt ihn doch noch um! „Wer sind Sie junger Mann? Brauchen Sie ein Glas Wasser? Olga, bitte…!" Nachdem der Geschädigte noch hustet, sieht Antoine sie inständig nach dem Gewünschten an. Murrend folgt sie seiner Bitte. „Also, wer sind sie und was führt

Sie zu uns?" „Ich bin Journalist. Mein Name ist Herbert Schiele. Ich dachte, dass ich ein Interview mit einer der Bewohnerinnen bekommen würde!" Herbert steht mit einer Leidensmiene vor ihm. Antoine nimmt tief Luft. Mit den Medien hat er schon gerechnet. Aber, dass es bekannt ist, dass sein Herr einige Damen hier untergebracht hat, ist dennoch überraschend. Herbert sieht an Antoine vorbei. Olga kommt in Begleitung von Irina und Florence.

„Wen haben wir denn da?", fragt Irina anzüglich. Sie greift mit ihrem Zeigefinger nach seinem Rundhalsausschnitt und fährt neckisch daran entlang. „Irina, bitte zügeln Sie sich! Der Mann ist Journalist!", rügt Antoine. „Herr Schiele, ich denke, dass Sie das Wasser trinken und sich dann unverzüglich verabschieden werden!", sagt Antoine streng. „Aber Antoine! Wir haben nichts gegen Herrn Schiele, nicht wahr Mädels?" Irina dreht sich zu Olga und leckt sich über die Lippen. Olga und Irina tauschen wissende Blicke. Sie wüssten, was sie mit diesem Kerl anfangen würden. Florence hingegen hält sich schüchtern zurück. Antoine hat genug. Diese Weiber sind ungebührlich! Er schiebt den Journalisten resolut aus dem Haus. „Wenn Sie ein

Interview wollen, wenden Sie sich bitte an William J. Enterprises! Auf Wiedersehen!" …und schlägt die Tür zu. Böse dreht er sich um und sieht Irina und Olga strafend an. Diese lachen nur übermütig und gehen. „Was wollte der hübsche junge Mann?", fragt Florence. Antoine hat an Florence einen Narren gefressen und lächelt sie an. „Er wollte mit euch Frauen ein Interview führen.", sagt er freundlich. „Ja, warum darf er es nicht?" „Oh Florence!" Er schüttelt nachsichtig den Kopf. „…, weil er dann Sachen in die Zeitung schreibt, die vielleicht nicht gut für euch sind! Ich muss das erst mit Herrn Jonas absprechen!" Florence nickt. So ganz versteht sie das aber nicht. Der hübsche Mann wäre sicher eine nette Abwechslung in ihrem ruhigen Alltag gewesen, bedauert sie.

„Verflixt! Auch das noch!" Jonas ist gerade von seinem Butler von den Geschehnissen des Tages unterrichtet worden. Jonas hat die Medien ganz vergessen! Die Arbeit und die Frauen haben seine Umgebung völlig ausgeklinkt. Er muss sich eine Strategie ausdenken. Sebastian muss her. Er kann mit den Journalisten am besten umgehen. Er ruft ihn sofort an. „Ich brauche dich sofort hier in meinem Haus. Wir haben einen Notfall!" „Meine Güte Jonas! Es ist schon spät!"

„Jetzt!" „Ich komme ja schon! Krieg ich noch etwas zu essen?" „Klar! Nimm Carlos mit!" Er legt ohne weitere Worte einfach auf. Die beiden Herren werden von Antoine ernst begrüßt. „Antoine, was ist los? Ist ein Krieg ausgebrochen, oder was ist so dringend?" „Bitte kommen Sie herein meine Herren. Herr Jonas erwartet Sie bereits. Darf ich ihre Mäntel abnehmen?" Mit den Kleidungsstücken am Arm, geleitet der Butler Sebastian und Carlos in das Speisezimmer. Die Bewohner des Hauses sind vollzählig und warten schon auf die Gäste. Antoine gibt dem Hausmädchen ein unauffälliges Zeichen zum Anrichten der Suppe.

„Also, was ist so dringend, was nicht aufgeschoben werden kann?" Sebastian schielt zu Florence. Seit er sie das letzte Mal gesehen hat, ist sie noch schöner geworden! Er kann den Blick nicht von ihr lösen. Florence errötet sanft und senkt den Blick. Ihr gefällt Sebastian auch! Er ist ein schöner Mann! Vielleicht ergibt sich ein Gespräch? Sie will unbedingt wissen, wer er ist. Sie hebt den Blick und versinkt abermals in den blauen Tiefen seiner Iris. Seine Lachfältchen rund um seine Augen sind allerliebst. Am liebsten würde sie aufstehen und sich zu ihm gesellen! Er ist ihr zu weit weg! Bedauernd über die unselige Situation des Wartens, senkt sie ihren Blick auf den Teller. „Sebastian! Hörst du mir überhaupt zu?" Jonas klingt verärgert. „Äh…" Sebastian löst sich ungern von dem wunderschönen Mädchen und sieht Jonas ärgerlich an. „Was!?", blafft er, als sein Freund nicht sofort seine Frage wiederholt. Bedeutungsvoll sieht Jonas die beiden an. Sebastian hat ein Auge auf Florence geworfen? Er muss aufpassen. Sebastian ist ein notorischer Weiberheld! Dafür ist seine Florence zu schade!

Sie ist gelandet. Neugierig checkt sie ihre Umgebung ab. Große grüne Flächen mit bunten Punkten, die sich mit dem Wind wiegen, faszinieren Alecha. Sie geht auf einen der weißen Punkte zu. Ihr Gehirn sucht nach einer Antwort und findet in ihrem Wordfinder: Blume – Leucanthemum - Volksname: Margeritenblume. Wirklich schön! Sie tastet nach einer blauen Blume, Wordfinder: Campanula – Volksname: Glockenblume, Pratum – Volksname: Wiese. Dann wird sie von etwas anderes anderem abgelenkt. Sie ist ein Körper? Sie betrachtet neugierig ihre Hände. Zierliche Gliedmaßen strecken sich vor ihr aus. Sie krümmt sie probeweise und streckt sie wieder aus. Dann streicht sie wieder über das hohe Gras mit den schönen bunten Blumen. Die Berührung mit dem grünen Gras und den Blumen streichelt ihre Haut. Es gefällt ihr. Sie sieht nach unten und betrachtet neugierig den Rest ihres menschlichen Körpers. Lange Gliedmaßen stehen in dem weichen Gras. Sie tastet ihren Bauch, weiter nach oben – ihre Brüste ab und gelangt schließlich zum Hals und zu ihrem Gesicht. Menschliche Körper kennt sie aus dem Unterricht. Sie sind auf einem Planeten Erde beheimatet. Sie ist also auf der Erde!

Wind kitzelt ihren Körper. Soeben ist ihr noch warm gewesen. Aber jetzt fröstelt sie. Automatisch schlingt sie ihre schlanken Arme um ihren zierlichen, nackten Körper und geht durch die Wiese. Der schöne grüne Fleck ist riesengroß. Die Luft wird kälter. Sie muss sich schneller bewegen, sonst fühlt sie sich nicht wohl. Sie fängt an zu laufen. Es gefällt ihr. Die Bewegung mit den langen Gliedmaßen. Zuerst fühlt sie sich noch steif an. Aber bald gehorchen ihr die Beine und sie läuft schneller. Ihre abgewinkelten Arme bewegen sich synchron zu den Beinen. Sie lacht. Es gefällt ihr. Sie rennt regelrecht durch die Wiese und bleibt dann abrupt stehen. Dort steht ein anderer Körper! Er ist etwas anders gebaut als sie? Sie wird langsamer und bleibt direkt vor diesen stehen. „Hallo! Wer bist du?"

Der Körper steht starr vor ihr. Er ist auch seltsam gebaut. Riesengroß und breit. Aber er

hat ein Fell über dem ganzen Körper. „Äh…
ja… ich bin Benjamin!" „Ich bin Alecha!"
„Ja… äh… freut mich!" Er sieht sie seltsam
an. Dann gibt er sich einen Ruck. „Warum
läufst du nackt hier herum?" Alecha weiß
nicht, was er meint. Sie zieht fragend die
Augenbrauen in die Höhe. Im Geiste fragt sie
ihren Wordfinder: ‚nackt': ohne Bekleidung.
Benjamin hat inzwischen sein schlabbriges
T-Shirt ausgezogen und reicht es ihr. Sie
nimmt es in die Hand, aber weiß nicht so
recht, was sie damit tun soll. Kurzerhand
nimmt er es ihr wieder weg und streift es ihr
über den Kopf und zieht ihre Arme durch die
Ärmel. Das Kleidungsstück reicht ihr
zumindest bis fast zu den Knien und bedeckt
sie ausreichend. Benjamin kann aufatmen.
Diese kleine Frau ist überirdisch,
wunderschön!

Jetzt lächelt sie auch noch. Benjamin ist wie
hypnotisiert. Ihre grünen Augen leuchten. Er
beugt sich nach vor. Er kann gar nicht anders.
Er küsst sie auf eine Wange und verharrt
etwas darauf. Ihr Duft ist betäubend. Der
Geruch nach Vanille und Harz weckt seine
Sinne. Er gibt sich innerlich einen Stoß und
richtet sich wieder auf. Alecha sieht ihn
träumend an. Das war ein Kuss auf die
Wange, hat ihr innerlicher Wordfinder

gesagt. Ein Kuss ist was Schönes. Sie lächelt ihn an. Vielleicht muss sie auch etwas tun? Sie hebt die Arme und tastet seinen jetzt nackten Oberkörper ab. Dieser ist wesentlich anders als ihrer… wellenförmig und viel härter. Sie fragt ihren Wordfinder. Er ist ein Mann und sie ist eine Frau. Er ist ein schöner Mann, dafür muss sie nicht nachgrübeln. Sie grabscht das Gesicht des Mannes ab. Die Form ist kantig. Die Haut ist neben dem Mund und der Nase kratzig. Die Augen sind blau – dunkelblau jetzt. Vorerst waren sie noch heller? Sie weiß es nicht mehr. Sie holt sein Gesicht zu sich hinunter und kostet den Mund. Immer wieder saugt sie sich an seiner Lippe fest. Ihre Hände kämmen durch die weichen blonden Locken.

Benjamin hält still. Er weiß noch immer nicht, was hier geschieht. Diese Alecha ist nicht ganz normal, oder? Aber er genießt dieses Küssen auf seinem Mund. Der Geschmack von süßen Erdbeeren lässt ihn auf mehr hoffen. Er legt die Arme um ihren schmalen Körper und zieht sie sachte an sich. Der Kuss dauert an. Sie lässt sich nicht beirren. Er spürt ihre tastende, von ihm kostende Zunge, die ihn zuerst über die Unterlippe, dann über die Oberlippe leckt. Benjamins Beherrschung ist auf den

Nullpunkt gelandet. Er presst sie nun ungestüm an sich. Ihre Münder kollidieren. Sie hält sich an ihm fest und lernt, wie man auf der Erde küsst. Der Kuss ist einzigartig. Da ist sie sich sicher. Für ihren Geschmack löst er sich viel zu schnell von ihr. Sein Atem geht schnell. Sein Herz schlägt stolpernd unter ihren Fingern. „Alecha…" Sie sieht ihn, über ihre Lippe leckend, an. „Wer bist du? Woher kommst du?" Benjamin hat so viele Fragen, die sie noch nicht beantworten will. „Darf ich dich nach Hause bringen?" Schnell sucht sie in ihrem Geiste nach dem ‚nach Hause bringen'. Sie ist traurig. Ihr Zuhause ist weit weg von hier. Will er sie nicht?